ロシア・東欧の抵抗精神

抑圧・弾圧の中での言葉と文化

石川達夫 編

貝澤哉
奈良有里
西成彦
前田和泉

成文社

ロシア・東欧の抵抗精神——抑圧・弾圧の中での言葉と文化——目次

ロシア・東欧の抵抗精神

——抑圧・弾圧の中での言葉と文化

まえがき　干からびた荒れ地に言葉の滴《しずく》を

石川達夫

二〇二二年二月二十四日にロシアがウクライナに軍事侵攻した頃、私は日本ロシア文学会第七十二回全国大会の実行委員長として、約八か月後の大会に際して開催されるプレシンポジウムのテーマを何にしようかと考えていたところだった。軍事侵攻の報に接したときすぐに、一九六八年のチェコ事件――「プラハの春」の改革に対してソ連を中心とするワルシャワ条約機構軍が軍事介入した事件――が脳裏に浮かび、その後チェコの人々が長い苦難と抵抗の時代に耐えねばならなかったことを想って、ウクライナの人々も同様の状況に陥るのではないかと案じた。同時に自然と、プレシンポジウムのテーマを「ロシア・東欧の抵抗精神――抑圧・弾圧の中での言葉と文化」として、私が共に所属する日本ロシア文学会と日本スラヴ学研究会との合同公開シンポジウムにしようと思い至り、次のような文章をしたためた。

二〇二一年ノーベル平和賞を受賞したことで世界的に知られるようになったロシアの独立系新聞『ノーヴァヤ・ガゼータ』の編集長ムラトフを始めとして、ロシアには権力からの抑圧・弾圧に屈することなく自由な言葉を発し、文化活動を展開する強固な伝統がある。ソ連時代に弾圧され国外追放になったノーベル賞作家ソルジェニーツィンしかり、反戦思想などのため政府に睨まれロシア正教会から破門されたトルストイしかり、自由思想の持ち主で流刑同然になったプーシキンしかり。一方、大国から軍事侵攻さえ受け、正常な生活と言論・文化活動を破壊された東欧諸国にも、強固な抵抗精神、抑圧と弾圧の中での自由な言論と文化活動の伝統がある。このようなロシア・東欧の抵抗精神に改めて光を当てて広く紹介することは、精神的な糧と力を提供する機会となろう。

そして、大会の組織委員長だった前田和泉さんにこのような考えをお伝えしたところ賛同を得、また前田さん自身もシンポジウムの報告者になってくださるという申し出を受けて、「ロシア・東欧の抵抗精神――抑圧・弾圧の中での言葉と文化：ロシア、ベラルーシ、ウクライナ、ポーランド、チェコ」というテーマで日本ロシア文学会と日本スラヴ学研究会との合同公開シンポジウムを二〇二二年十月二十一日に開催するに至った。そしてシンポジウムの際の趣旨説明の中で、次のように述べた。

このシンポジウムのテーマは、確かにウクライナ問題に触発されたものだが、決して時事的な問題だけを扱うわけではなく、抑圧・弾圧の中での言葉と文化のあり方を、「抵抗精神」という観点から広く見ていくものである。そこには様々な抵抗の形があるだろう。そして、苛酷な条件のもとで生きてきたロシア・東欧の人々の生き様や認識や知恵が見えてくるはずだ。そのような彼らの「抵抗精神」が生み出したものを、日本の一般の人々に広く知っていただくことも、今回のシンポジウムの目的の一つであり、公開シンポジウムとした理由である。

本書は、このようなシンポジウムの報告を原稿化して改訂し、また新たな原稿を追加して本にしたものである。

圧倒的な兵器の力に対して私たちができること、言葉でできることは、絶望的なほど僅かである。しかし皆無でもないであろう。ロシア・東欧の人々——特に文学者や思想家たち——は圧倒的な力・権力（moc）に対して言葉による抵抗を続けてきたし、それに対する苛酷な弾圧もまた受けてきた。しかしその抵抗の言葉を完全に絶やしてしまうことなく、無力にも思える言葉を発し続け、それが広まり集積していくことによって、何かを変えるための精神的素地が作られていったのだと思われる。そのことをロシア・東欧の歴史は示していると言えよう。本書でも取り上げたチェコの反体制劇作家・詩人ヴァーツラフ・ハヴェル（一九三六〜二〇一一）の評論の題名になっている「力（権力）なき者たちの力（Moc bezmocných）」(1)の源は、まさに言葉であり、言葉を生み出す精神なのだ。私たち日本のロシア・東欧研究者、特に文学研究者にできることは、せめてそのような言葉や歴史や状況を日本の人々に伝え、私たち自身が彼らから学ぶことができるようにすることであろう。

干からびた荒れ地に滴《しずく》を落としても、すぐに消えてしまうだろう。しかし、絶えることなく落とし続けていれば、それはやがて水溜まりとなり、池となり、更には小川もできるかもしれない。大河とて、その水源は、絶えることのない滴なのだ。

注

(1) ヴァーツラフ・ハヴェル（阿部賢一訳）『力なき者たちの力』（人文書院、二〇一九年）参照。また、人を欺く言葉に警鐘を鳴らし、言葉への懐疑の必要性を説いた「言葉についての言葉」も参照（ヴァーツラフ・ハヴェル、飯島周訳「言葉についての言葉」、『反政治のすすめ』恒文社、一九九一年、所収）。

序　国歌は何を示唆するか？

石川達夫

チェコの作家ミラン・クンデラ（一九二九〜二〇二三）は、かつて次のように述べた。

小民族とは何か？　私はこう定義すればいいと思う――小民族とは、その存在自体がいつでも疑問に付されうる民族である。小民族とは、消滅してしまうこともありえ、またそのことを良く知っている民族である。フランス人やロシア人やイギリス人には、自民族の生き残りについて問うような習わしはない。彼らの国歌は、偉大さと永遠だけを謳っている。他方ポーランドの国歌は、「いまだポーランドは滅びず……」という詩句で始まるのだ。

私は、世界を自分の尺度で思い通りに操ろうとしている大国の専横に委ねられている今日の世界において、小民族には偉大な歴史的使命があると信じる。小民族は、自らの顔を絶えず探し求め作り出し、自らの個性のために闘うことによって、同時に、この地球が恐るべき画一化の作用に抵抗して色とりどりの伝統と生活様式によって輝くように努力し、人間の個性と奇跡性と特殊性が地球に棲み家を見出すことができるように努力しているのである。

実は、この文章の前半は四十年近く前に書かれた「西の誘拐、あるいは中欧の悲劇」（一九八三年）の一節[(1)]、後半は五十年以上も前に書かれた「チェコの宿命」（一九六八年）の一節[(2)]で、大いに議論の的にもなったものである。しかし、この文章の一部は、今日でもアクチュアリティを完全に失ってはいないと思われる。

ここでクンデラは国歌について興味深いことを指摘しているが、今回取り上げるスラヴの五つの国の国歌について、その示唆するものを手短に考えてみたい。

まず、クンデラも挙げていたポーランド国歌だが、今日のポーランド国歌「Jeszcze Polska nie zginęła（まだポーランドは非業の死を遂げてはいない、いまだポーランドは滅びず）」の元になったのは、「ドンブロフスキのマズルカ」と言われる歌であり、一七九七年に詩人ユゼフ・ヴィビツキ（一七四七〜一八二二）がドンブロフスキ将軍率いる亡命ポーランド人部隊の軍歌として書いたと言われている。しかしながら、一七九七年というと、実は一七九五年のいわゆる第三次三国分割によってポーランドが独立国家として消滅してしまってから二年後のことなのである。

冒頭で「いまだポーランドは滅びず、我らが生きる限り（Jeszcze Polska nie zginęła, Kiedy my żyjemy.）」と歌うこの歌は、周囲の大国によってポーランドという国が消滅させられても、自分たちが生きている限りポーランドはまだ完全に滅びてしまってはいないのだという、悲壮な負け惜しみのように聞こえなくもない。そして、自分たちはポーランドの完全な消滅に全力で抵抗し、独立国家復興のために全力で闘うという、ポーランド人の英雄的な抵抗精神と独立国家への強い意志が聞こえてくるようだ。

同時に、ここで「ポーランド」と言っているのは、単なる国（独立国家）ではなく、直接的には亡命ポーランド人部隊の人々、更にはポーランド語でこの歌を歌う人々の、見えない共同体として捉えられていると考えられる。だからこそ、ポーランドという国が消滅しても、「我々が生きている限り」「まだポーランドは滅びてしまってはいない」と言えるわけだ。

ただし、この見えない共同体が、ポーランド語・ポーランド文化を保持しているポーランド語話者の共同体だとすると、ポーランドの地に住みながらポーランド語以外の言語を使っていた人々はポーランドの外に置かれることになる。国を特定の言語話者の見えない共同体と同一視すると、そこに排除の原理が働いて、また別の問題を引き起こす可能性があることにも注意する必要があるだろう。

次にウクライナ国歌を見てみよう。念のために断っておくと、クンデラが「小国」と言っているのは、相対的な意味である。ポーランドもウクライナも、小国が多いヨーロッパの中では決して小さな国ではない。しかし、隣り合うロシアに比べれば小さいし、大国ロシアやドイツから歴史的に非常な圧迫を受け、消滅の憂き目も見てきた。そういう意味では、相対的に「小国」と言えるわけだ。

さて、ウクライナ国歌は、「Ще не вмерла Україна（まだウクライナは死んでしまってはいない、いまだウクライナは滅びず）」というものである。

不思議なことに、このウクライナ国歌は、日本ではなぜか「ウクライナは滅びず」としても紹介されている。これでは、「ще（いまだ）」という単語が訳出されていない。この「ще（いまだ）」があるかないかは、決して小さな違いではないと思われる。ウクライナ語の「ще」はポーランド語の「jeszcze」に当たるので、実はポーランド国歌とウクライナ国歌の題名は、ほぼ同じなのである。

しかも、実はヴィビツキが書いたドンブロフスキのマズルカの元のテクストでは、冒頭部分は「Jeszcze Polska nie umarła（まだポーランドは死んでしまってはいない、いまだポーランドは滅びず）」となっていた。[3] ここで、「まだ死んでしまってはいない）」を意味する完了体動詞過去の否定「nie umarła」はウクライナ語の「не вмерла」に当たるので、実はウクライナ国歌とポーランド国歌の元のテクストの題名は、国名のほかは全く同じだったということになる。

ウクライナ国歌の元のテクストは、ウクライナの国民詩人タラス・シェフチェンコ（シェウチェーンコ）（一八一四〜六一）の知人でもあったパーウロ・チュブィーンスィクィイ（一八三九〜八四）が一八六二年に書いたものである。彼はロシアの支配に抵抗するポーランド人たちに共感を寄せていて、一説によると彼はポーランドの亡命者から「ドンブロフスキのマズルカ」を聞いてその歌詞を借用したということだが、[4] それはまず間違いないだろう。つまり、ポーランドの抵抗精神とウクライナの抵抗精神は繋がっていたということだ。

「いまだ（ще）」という言葉があると、先ほどのポーランド国歌と同様に、「ウクライナは滅亡の危険に瀕しているかもしれないし、滅んでしまうかもしれない。しかしまだ完全に滅んでしまってはいないし、自分たちは完全な消滅に全力で抵抗する」、ということを示唆しうることになる。そして、「いまだ

(ще)」という言葉があることによって、そのような背後に隠れた文脈が浮かび上がってくる。

同時に、「まだウクライナは死んでしまってはいない（Ще не вмерла Україна）」というのは、シェフチェンコがウクライナ（女性名詞）を母として擬人化した一八四三年の詩「暴かれた墳墓（Розрита могила）」の一節「わたしのウクライナよ。／母よ、あなたはなぜ／破壊され、滅びゆくのか。」[(5)]（Моя Україно, / За що тебе сплюндровано, / За що, мамо, гинеш?）とも呼応する擬人化表現と言えよう。

正確を期すと、現在のウクライナ国歌の冒頭の詩句は、「ウクライナの栄光も意志も、まだ滅びてしまってはいない（Ще не вмерла України і слава, і воля.）」となっている。ここでもやはり、「ウクライナ」は単なる国（独立国家）ではなく、ウクライナ人の見えない共同体として捉えられていると考えられる。

さて、次にチェコ国歌を見てみよう。「Kde domov můj?（私の故郷はどこにあるのか?、我が故郷はいずこ?）」というチェコ国歌は、まだチェコがハプスブルク帝国の中に組み込まれていた時代に、劇作家のヨゼフ・カイエターン・ティル（一八〇八～五六）が一八三四年に書いた『フィドロヴァチカ［の祭り］（Fidlovačka）』という劇の中で、盲目の老人が歌う歌が元になっている。「私の故郷はどこにあるのか?」と問う盲目の老人には、自分の故郷の景色も、チェコ人の姿も見えず、ただ心の中で幻に見るだけである。これは、チェコがハプスブルク帝国の中に組み込まれていた時代を反映した歌だと考えられる。

そして、第二連では、「チェコ人の間に我が故郷あり(mezi Čechy domov můj)」と歌っていて、やはりチェコがチェコ人のまさに見えない共同体として捉えられている。しかし、チェコ語話者でない人々はここから排除されてしまうため、この第二連は国歌としては歌われない。

実は、『フィドロヴァチカ』という劇はその後ほとんど忘れられてしまったのだが、後の時代になってからこの歌だけが次第に歌われるようになり、一九一八年のチェコ独立の後にチェコ国歌に定められ、様々な機会に歌われることになり、チェコ抵抗精神の拠り所ともなった。

次にベラルーシ国歌「我らベラルーシ人（Мы, беларусы）」を見てみよう。ミハーシ・クリムコーヴィチ（一八九九～一九五四）の古いテクストにウラジーミル・カルィズナ（一九三八～）が修正を加えたベラルーシ国歌の中には、「永遠に生き、咲き誇れ、ベラルーシよ！（Вечна жыві і квітней, Беларусь!）」という詩句がある。これはクンデラの指摘する、「偉大さと永遠だけを謳っている」一般的な国歌の一つだと言えるだろう。ベラルーシ国歌の特徴としては、温和とされるベラルーシ人のイメージを反映してか、ここで取り上げる五つの国歌の中で唯一、「我らベラルーシ人は平和愛好的な人々（Мы, беларусы – мірныя людзі）」と自己規定していることが挙げられよう。もう一つは、「称えられよ、諸民族の兄弟的な結合！（Слаўся, народаў братэрскі саюз!）」と謳っていることだが、これは次に見るロシア連邦国歌と似ているけれども違うものである。

最後にロシア連邦国歌を見てみよう。ここでも「偉大さと永遠だけを謳っている」が、特徴的なのは、ベラルーシ国歌においては諸民族の結合が兄弟的なものとされているのに対して、「兄弟諸民族の幾世の結合（Братских народов союз вековой）」というふうに、諸民族そのものが兄弟的とされ、更にその「結合（союз）」が「幾世のもの（вековой）」だと言っていることだ。ここには、古いソ連国歌の「自由な諸共和国の破壊されない結合を／永遠に固めたのは偉大なるルーシなり[6]（Союз нерушимый республик свободных / Сплотила навеки Великая Русь）」という歌詞のこだまが聞こえる。

ウクライナ人を母としベラルーシ人を父としてロシア語で執筆するベラルーシのノーベル賞作家スヴェトラーナ・アレクシエーヴィチ（一九四八〜）は『セカンドハンドの時代』において、「古くさい思想が復活している。偉大な帝国について、『鉄の腕』について、『ロシア独自の道』について……。ソ連国歌がもどってきた」[7]と書いているが、ロシア連邦国歌はソ連国歌の曲をそのまま使っているだけではなく、歌詞にもソ連国歌がこだましている。それもそのはず、ロシア連邦国歌の歌詞を書いたのは、ソ連国歌の歌詞を書いたのと同じセルゲイ・ミハルコーフ（一九一三〜二〇〇九）なのだ。ロシア連邦国歌は、アレクシエーヴィチの言う「セカンドハンドの時代」[8]を象徴するものと言えるだろう。

そしてもしも、この「幾世のもの」であるはずの「兄弟諸民族の結合」に亀裂を入れて、そこから離れようとする「兄弟民族」が出て来たら、その事態にどう対処するのだろうか？　国歌が「セカンドハンド」なら、対処の仕方も「セカンドハンド」なのだ。

さて、多言語・多民族混在状況は、歴史的に特に中東欧に特徴的な現象だが、それは一般に地球そのものの運命だと言えるだろう。そこに人間が人為的に国境線を引いたり引き直したりして、その国境線の内部で地球の運命に逆らうようなことを強行しようとすれば、必ず大きな無理がかかり、それに対する反発も起きる。人類は、多言語・多民族混在状況という地球そのものの運命の中で、いかに共存していくか、新たな知恵を絞らなければならない。

注

(1) Milan Kundera, „Únos Západu aneb tragédie střední Evropy,“ in Miloš Havelka a Ladislav Cabada, ed., *Západní, východní a střední Evropa jako kulturní a politické pojmy* (OAI, 2000), s. 109. https://www.researchgate.net/publication/39810208_Zapadni_vychodni_a_stredni_Evropa_jako_kulturni_a_politicke_pojmy（二〇二三年二月三日閲覧）

(2) Id., „Český úděl (1968),“ in Václav Havel, *O lidskou identitu* (Surrey: Rozmluvy, 1989), s. 189–190.

(3) Cf. https://pl.wikisource.org/wiki/Mazurek_D%C4%85browskiego?uselang=ja（二〇二二年十一月十五日閲覧）.

(4) “Павло Чубинський писав вірші “під Шевченка””, *Gazeta.ua*, Четвер, 22 січня 2009. http://gazeta.ua/articles/history-newspaper/_pavlo-chubinskij-pisav-virshi-quot-pid-shevchenka-quot/279137（二〇二二年十一月十五日閲覧）

(5) タラス・シェフチェンコ（藤井悦子訳）『コブザール——シェフチェンコ詩集』、群像社、二〇一八年、一四一頁。

(6) 「ルーシ」とは、古代（キエフ）ルーシに由来するロシアの古名。

(7) スヴェトラーナ・アレクシエーヴィチ（松本妙子訳）『セカンドハンドの時代——「赤い国」を生きた人びと』岩波書店、二〇一六年、一一頁。

(8) アレクシエーヴィチは、「セカンドハンド」（中古品・お古・古物）という言葉を、新しい時代に即応していない、（ソ連時代の）昔あったものの繰り返し、復古的なもの、といった意味で使っている。

ロシア

第一章　ロシア国民文学と帝国的一体性の神話
――近代ロシアにおける文学的抵抗とその逆説――

貝澤哉

はじめに

権力への抵抗の歴史としてのロシア文学

近現代ロシア文学の歴史は、ある意味では、その時々の権力による抑圧や弾圧にたいするさまざまな抵抗の歴史でもあった、と述べてもけっして大きな間違いにはならないだろう。少なくとも十八世紀以降、ロシアにおける文学的営みはつねに権力側からの有形無形の圧力にさらされ続け、その政治的受難と抵抗の積み重ねのなかで形成されてきたと言っても過言ではない。

近代以降のロシア文学の歴史をざっと概観してみるだけでも、そのことはすぐに納得できるだろう。たとえば十八世紀末、農奴制を批判する旅行記『ペテルブルクからモスクワへの旅』（一七九〇）を書いたアレクサンドル・ラジーシチェフはシベリアに流刑され、ついには自殺に追い込まれた。専制政治に反旗を翻した一八二五年のデカブリストの乱には詩人のコンドラチイ・ルィレーエフやヴィリゲリム・キュヘリベケルらも参加し、デカブリストのグループに近かったアレクサンドル・グリボエードフやアレクサンドル・プーシキンが政府の監視対象となった事実もよく知られている。プーシキンはその進歩的な政治的スタンスにより、すでに一八二〇年代初期には首都から遠ざけられ、キシニョフやミハイロフスコエなどを転々としていたが、デカブリストの乱の後には作品の発表を禁じられるなどさらに厳しい制限下におかれた。一八三七年の決闘によるプーシキンの死自体も、宮廷による陰謀だったのではないかと考えられているのである。

デカブリストの乱後のこうした厳しい言論・思想統制のもと、ロシアの後進性を痛烈に批判する『哲学書簡』を一八三六年に公表したピョートル・チャアダーエフは、皇帝ニコライ一世により狂人と宣告され幽閉されてしまう。また、西欧が一八四八年革命の波に洗われた翌年の一八四九年にはペテルブルクで、ミハイル・ペトラシェフスキイの主催する社会主義サークルが摘発され、フョードル・ドストエフスキイやニコライ・ダニレフスキイを含むメンバーが死刑宣告を受けながら、処刑直前に流刑に減刑される、という事件も起こっている。

一八五〇年代のクリミア戦争敗北後、農奴解放（一八六一）や検閲の緩和（一八六五）など広範な社会改革が行われたいわゆる「大改革期」でさえもその例外ではなく、農奴解放の不徹底性を批判した批評家ニコライ・チェルヌィシェフスキイは一八六二年に逮捕され、投獄の後シベリアに流刑となった。農村の悲惨な生活を描いた詩人ニコライ・ネクラーソフを発行人とし、革命民主主義の中心的メディアとなって、トゥルゲーネフ『猟人日記』、ゴンチャロフ『平凡物語』、ゲルツェン『だれの罪か』、チェルヌィシェフスキイ『何をなすべきか』などの著名な作品を掲載した雑誌『同時代人』も、一八六二年に一時発行禁止処分を受け、さらに一八六六年には政府によって廃刊に追い込まれてしまう。

一八七〇年代のナロードニキ運動の失敗と、それに続くテロリズムがもたらした一八八一年のアレクサンドル二世暗殺事件によってロシア社会の言論弾圧はさらに過酷なものとなり、一八八四年には進歩派の雑誌『祖国雑記』が刊行停止を余儀なくされた。また独自のキリスト教思想を唱道し、小説『復活』（一八九九）でロシア社会や教会の現状を批判的に描いたレフ・トルストイは一九〇一年に正教会から破門されたものの、一九〇四〜五年の日露戦争時にも反戦を説くなど、一貫して抵抗の姿勢を貫いたことで知られている。

一九一七年のロシア革命後には多くの文学者や知識人たちが亡命者として出国し、また一九二二年には、反ソ的と目された著名な知識人や哲学者らがレーニンの命令で大量に国外追放に処された（多くの哲学者や宗教思想家たちが一斉に汽船で外国に送られたことから、俗に「哲学者の船」とも呼ばれる）が、こうしてさまざまな形で国外に出た人々のなかには、たとえば作家ドミトリイ・メレシコフスキイや哲学者イワン・イリインなどのように、反ソ・反共運動に積極的に身を投じ、イタリア・ファシズムやナチスに接近しようとする者も現れた。国内に残った作家、詩人たちのなかにも、ニコライ・グミリョフのように反革命分子として逮捕され、処刑された者もいた。

一九二〇年代末以降ソヴィエト国内でスターリン体制が権力基盤を確立するようになると、党による文化統制が厳しさを増し、モダニズムなどの実験的スタイルや宗教的テーマ、観念論的な思想などが批判され、表舞台から排除されてゆく。ボリス・ピリニャーク、イサーク・バーベリ、オシプ・マンデリシュタームら数多くの著名な作家や詩人たちが逮捕され処刑されるとともに、アンナ・アフマートワ、アンドレイ・プラトーノフ、ミハイル・ブルガーコフや「オベリウ」グループなど、さまざまな作家・詩人たちが公的な批判にさらされ、作品発表の場を奪われていった。一九三〇年代半ばには一元的な文学統制組織であるソ連作家同盟が創設されるとともに、「社会主義リアリズム」なる公式的スタイルだけが唯一国家公認のものと見なされ、文学・芸術分野での自由な創作活動は事実上不可能となってゆく。

独ソ戦の時代（一九四一〜四五）には非常時の体制となって戦争遂行が最優先されたこともあり、また他の連合国との対外関係などからも文化統制は一時弱まったかに見えたが、戦後の一九四八年にはいわゆる「ジダーノフ批判」により詩人アフマートワや作家ミハイル・ゾシチェンコ、さらに作曲家のドミトリイ・ショスタコーヴィチも激しい批判の対象となったことはよく知られていよう。

一九五六年のスターリン批判後の「雪どけ」期に入っても、文学的活動にたいする抑圧や統制が鳴りを潜めたわけではなく、一九五八年には、国外で出版された長篇小説『ドクトル・ジヴァゴ』によりノーベル文学賞に選ばれたボリス・パステルナークは受賞の辞退を余儀なくされ、また一九六三年には、非公認の詩作活動を続けていたヨシフ・ブロツキイ（後の一九八七年にノーベル文学賞受賞）が徒食者として逮捕され、裁判にかけられる事件も起きている。

フルシチョフ書記長失脚後のブレジネフ時代（一九六四〜一九八二）になっても、批評家アンドレイ・シニャフスキイと作家のユーリイ・ダニエルが国外での作品刊行を理由に逮捕され法廷で裁かれた「シニャフスキイ・ダニエル事件」や、公開書簡で検閲の廃止を訴え、小説『ガン病棟』、『煉獄のなかで』

を国外出版したアレクサンドル・ソルジェニーツィンが一九六九年に作家同盟を除名され、一九七〇年にはノーベル文学賞に選ばれたものの、七四年に国外追放となった出来事は、世界的な注目を集めた。ちなみに翌七五年には、反体制運動を行っていた著名な物理学者アンドレイ・サハロフもノーベル平和賞に選ばれている。

また一九七九年には、ワシーリイ・アクショーノフ、ファジリ・イスカンデル、ユズ・アレシコフスキイ、アンドレイ・ビートフ、ヴラジーミル・ヴィソツキイ、エヴゲニイ・ポポフ、ヴィクトル・エロフェーエフら、ブレジネフ時代に作品の公表を制限された数多くの若手作家、詩人たちが参加した自主出版の文集が厳しく非難され、参加者たちには活動の制限などの圧力が加えられた。その結果アクショーノフは作家同盟を脱退し、翌八〇年にはソ連からの出国を余儀なくされる。

こうした国外出版や自主出版はそれぞれ、「タミズダート」「サミズダート」と呼ばれ、この時代から、ソ連国内の言論統制にたいする主要な抵抗手段として知られるようになった。またこの七〇〜八〇年代にかけては、セルゲイ・ドヴラートフ、サーシャ・ソコロフ、ピョートル・ヴァイリ、アレクサンドル・ゲニス、ボリス・グロイス、ヴラジーミル・ヴォイノヴィチなど、大量の文学者や批評家がソ連国外に逃れたことから、ロシア革命時や第二次大戦時につぐ亡命の「第三の波」とも呼ばれている。[1]

一九八〇年代後半の「ペレストロイカ」による自由化政策や、一九九一年のソ連邦解体にともなって、言論や文化・芸術にたいする統制はあたかも姿を消したかのように見えたが、周知のように、二〇〇〇年にヴラジーミル・プーチンが大統領に就任すると、政府に批判的なマスメディアやジャーナリストにたいするあからさまな介入や抑圧が行われるようになり、二〇〇二年には、作家ヴラジーミル・ソローキン、ヴィクトル・ペレーヴィン、ヴィクトル・エロフェーエフらの作品はポルノグラフィーや麻薬を広める有害書だと主張する親政府系青年団体が、彼らの著書を集めて焚書するという事件も起こっている。また二〇〇六年にはジャーナリストのアンナ・ポリトコフスカヤが暗殺されるなど、政権の不正を取材していた記者たちが殺害される事件もいまだに後を絶たない。

また、国会選挙の不正疑惑に端を発した二〇一一年末以降の全国的な反政府抗議活動の拡大にさいしては、ボリス・アクーニン、リュドミラ・ウリツカヤ、ドミトリイ・ブイコフ、ゲンナジイ・ガンドレフスキイ、レフ・ルビンシテインら著名な作家、詩人たちも抗議の声をあげた。彼らの多くは二〇一四年のクリミア併合にたいしても批判的であり、アクーニンは一四年以降イギリスに本拠を移したし、その後も国内で政府批判を続けていたブイコフが二〇一九年に出張先のウファで毒を盛られ一時意識不明となる事件も起こった。このとき使われた毒物は、反政府活動家でジャーナリストのヴラジーミル・カラムルザやアレクセイ・ナヴァリヌイにたいする毒殺未遂事件（それぞれ二〇一五年と二〇二〇年）で使われたのと同じ有機リン系の毒物だったとも言われている。

二〇二二年二月、ロシアのウクライナ侵攻が始まると、アクーニンは国外で「本当のロシア」と名づけたウクライナ支援プロジェクトを立ち上げたが、その支援者のなかには、同年二月末にドイツに出国したウリツカヤや、ベラルーシ出身でやはりドイツ在住のノーベル賞作家スヴェトラーナ・アレクシエーヴィチらが名を連ねている。すでに二〇二一年秋に米国に渡っていたブイコフは、二二年ロシア法務省により、外国の利益のために反政府活動を行う者を意味する「外国の代理人」に指定された。このように、ウクライナ侵攻以降の国内の言論統制の強化にともない、多くの著名な文学者や芸術家、知識人などがロシアを出国し国外に移住しており、現在の状況について一九七〇〜八〇年代の「第三の波」につぐ亡命の大きな波になる可能性を指摘する声もある。

文学の「国民化」がはらむ逆説――帝国への抵抗から帝国の正当化へ

それにしても、このように近現代ロシア文学の主要な潮流が歴史的に、政治権力にたいするさまざまな抵抗のよりどころとしての役割をくりかえし担いつづけ、またそれゆえ、これほどまでに権力側からの度重なる抑圧・弾圧にさらされつづけてきたのはなぜなのだろうか。もちろんその理由はいろいろな視点から説明することが可能だろう。

たとえば、哲学、社会思想や時事評論が厳しく検閲され制限されてきた帝政ロシアやソヴィエトでは、文学のようなフィクショナルな芸術的作品が、哲学や社会思想、時事評論等のいわば代替物として、そうした内容を表現する社会的機能を帯びていたということはよく指摘される。ロシアにおいて文学は、たんなる娯楽や美的趣味ではなく、ストレートには語ることができない権力批判や思想的異論を、詩や小説の表現に託すことで間接的に語り得る唯一の場となってきたのである。もちろん旧来のロシア史の伝統的な見方に倣って、文学者たちのような知識階級《インテリゲンツィヤ》を、遅れた蒙昧なロシアやその民衆《ナロード》のあり方、そしてそれを変えることにきわめて消極的な帝政政府に対抗する改革的勢力と考えれば、権力への文学的抵抗と権力側からの文学にたいする抑圧はそれ自体いかにも自然でごく当たり前のことのようにさえ思える。

しかしここではこの問題を、少しばかり異なる視点から考えてみたい。それは、十九世紀以降の近代ロシア文学の「国民化」という視点である。十九世紀の初めから、ロシアの詩人、作家や批評家たちは、ロシアの文学が「国民的」なものとなり得るかどうか、という点をつねに気にしつづけてきた。十九世紀前半には、ロシアに「国民文学」があるかどうかが論争となり、どうやって国民的な文学を実現するかが、彼らの重要な関心事となっていたのである。他の民族や国民にはない、ロシア国民独自の特徴や価値のあらたな表現、つまり国民国家的なロシア的ナショナリズムの実現こそが、まさにロシア文学に期待されていたのだった。(2)

ところが、じつは帝政ロシアの専制的国家権力は、ハンス・ロガーも論じているように、すでに十八世紀以前から二十世紀初頭に至るまで、ロシア社会における国民的ナショナリズムのさまざまな現れを、一貫して反政府、反国家的なものとして警戒し排除することに腐心してきたのだった。(3)ジョフリー・ホスキングもやはり、十九世紀ロシアにおける市民的、国民的な共同性が何よりも文学を通して形成されていったのにたいして、権力側はそうした市民社会的なものの発露に疑いの目を向けていたのだと指摘しているが、(4)その原因を、ロガーはもっぱら専制的体制の非国民国家的な前近代的支配の温存や、西欧の革命の波のなかで自国の体制の安全保障を最優先しようとする官僚主義にもとめている。

しかしこの問題を考える場合見落としてはならないのは、ヴェラ・トルツも正しく指摘しているとおり、そもそも帝政ロシア国家の統治形態が、西欧的な国民国家とは本質的に異なる、多民族帝国としての特殊性を備えているということであろう。(5)ナショナリズムを基盤としたロシア国民文学の創設は、当然ながら、帝政ロシアの権力がその基盤としてきた、多民族・多言語・多宗教が共棲する広大な内陸帝国としてのロシアの統治のあり方とは、真っ向から相反するものとならざるを得ないはずである。というのも、多民族帝国のなかで民族主義的ナショナリズムやそれに基づいた国民国家化を推し進めようとすることは、ある意味では当然帝国内の非ロシア系諸民族の分離独立をあおることになりかねず、帝政ロシアの国家的枠組みそのものの分裂や崩壊を招きかねないからだ。だからこそ帝政ロシア政府にとって、当時のロシア文学はきわめて厄介で危険このうえない反国家・反帝政的なものと映らざるを得なかったのではないだろうか。

しかしながら、私たちがさらに注意しなければならないのは、帝政権力へのこうした痛烈な抵抗であったかに見えたナショナリスティックな近代ロシア文学国民化のプロセスが、じつは後のソ連やロシアの帝国的なナショナリズムのナラティヴへと取り込まれ、権力によって巧みに利用されてもいった、という事実だろう。オリガ・マイヨーロワも指摘するように、ロシアにおけるネーションの「想像の共同体」は、文化的エリートたちによって「文学、演劇、絵画などの文化的生産物のなかに投影され、「コレクティヴな記憶や共有される信念を呼び出し、製造する」。[6]

近代ロシア文学の国民化がもたらしたロシアの歴史的特殊性のナショナリスティックな神話化は、西欧諸国民とは異なる独自の精神的価値の体現者としてロシア文化を表象しようとしたが、そこでは逆説的なことに、ロシア的なるものはしばしば、個別特殊なものを包み込み、あるいはそれらを超越するような包括性、普遍性、世界性などとしてイメージされてきた。つまり、ロシアの国民的特殊性は、むしろその普遍的で非特殊的な包括性や全体性にこそ存する、という一種矛盾した性格づけがなされてゆくのである。しかもこうして創設された虚構的なナラティヴは、帝政末期からソヴィエト期にかけて急速に規範化され、あたかも自然かつ自明な歴史的事実や常識であるかのように見なされて、それが今度は逆説的に、帝政ロシアやソヴィエト国家の帝国的イデオロギーへと取り込まれ、利用されてゆくことになる。十九世紀以降の文学や歴史学がナショナリズムの遠近法のなかで創出したロシア史やロシア文化についての国民的ナラティヴが、あたかもソ連の帝国的支配やロシアによるユーラシアの他民族の支配をも当然のものとして正当化する「歴史的必然」や「起源」、「文化的伝統」であるかのように都合よく使われ、結果としてロシア独自の帝国的なナショナリズムを擁護する言説へと組み込まれてしまうのである。

二〇一四年のロシアによるクリミア併合や、それに続く二〇二二年のウクライナへの軍事侵攻を正当化しようとするレトリックやナラティヴもまた例外ではない。そこでは、近代も十九世紀に入ってようやく形成され始めたにすぎない、中世キエフ・ルーシから続くロシア帝国の「国民」的「一体性」についての、今日ではもう古色蒼然とでも呼ぶほかないほどに陳腐化し定型化した虚構的ナラティヴが、あいかわらず自然で自明な歴史的・客観的事実であるかのように流布されている。[(7)] このように、十九世紀ロシアに始まったナショナリズムの帝国的な利用法の発明は、二十一世紀に生きる私たちのグローバルな政治・社会・経済情勢をも根底から揺るがし、核戦争も含めたかつてない危機にさらすほどの力をいまだに備えているわけである。

そこで、本稿では十九世紀以降のロシア文学や思想の流れを追いながら、文学・文化のナショナリスティックな国民化への志向や文化的国民性にかんする言説が、帝政ロシア政府における帝国的国家統治のイデオロギーに対抗する形でどのように出現し形成されていったのか、さらに、帝国的権力への抵抗だったはずのそうした国民的独自性についてのナラティヴが、帝政末期からソヴィエト期にかけて、どのようにしてロシアの帝国的支配を正当化する理論へと変貌していったのか、その過程を概観してみることにしよう。そうすることによって私たちは、ウクライナ侵攻を正当化しようとする現在のロシアの公権力が使用するレトリックやナラティヴ自体の歴史性やそのイデオロギー的で虚構的な性格をも見定めることができるはずである。

一　文学のナショナリスティックな国民化

中世キエフ・ルーシ文学の「発見」

十九世紀ロシアにおける文学の国民化の歴史を考えるさい、まず私たちが注意しなければならないのは、現在流布しているどんな教科書的な「ロシア文学史」にも書かれているようなごく常識的な図式——中世のキエフ・ルーシ以来続く固有の民族的、宗教的な文学や文化の長い伝統の一貫した継承発展の過程のうえに、独自の国民性の表現としての近代ロシア文学が開花するという考え方——が、少なくとも十九世紀初期にはまだまったく存在していなかった、ということである。むしろこうした歴史的パースペクティヴは、まさに十九世紀になって文学者や知識人たちのあいだで近代文学のナショナリスティックな国民化が渇望されだしたことによって必要となり、そうした目的に沿って創り出された図式にほかならない。

事実きわめて興味深いことに、中世から受け継がれた民族的・文化的伝統が一貫した歴史の連続性を形作っているとする見方に真っ向から反して、じつはそもそも十九世紀前半のロシアでは、西欧に比肩するような、国民精神を体現するものとしての「文学」や「文学史」はまだ存在しない、という見方が文学に携わる者たちのあいだでかなりはっきりと共有されていた。たとえば、ロマン派詩人で批評家でもあったA・ベストゥージェフ（マルリンスキイ）は一八二五年に「わが国には批評はあっても文学はない」と述べた。[8] スラヴ派の代表的思想家イワン・キレエフスキイも一八三〇年に前年の文学界を回顧しながらこんなふうに記している――「公平な立場で認めようではないか、わが国には国民の知的営みがまるごと反映されたものなどないし、わが国には文学はまだ存在しないのだと」。[9] それにたいしてプーシキンは「そこに文芸は存在するし、その成熟の時ももう遠くない」と反論したものの、[10] 一方で一八三三年に執筆した有名な小説『スペードの女王』のなかでは、登場人物の老伯爵夫人に、「おや、ロシアに小説があるのかい？」と言わせている。[11]

十九世紀前半を代表する批評家で、ロシア文学の国民的重要性をくりかえし力説していたことで知られているヴィッサリオン・ベリンスキイでさえ、そのデビュー作「文学的夢想」（一八三四）や「一八四〇年のロシア文学」（一八四一）では、「わが国には文学がなく、したがって文学史もない」とか、「文芸は、言葉、言語のあるところどこにでもあるが、しかしそれはばらばらな作品の集まりで、互いに何のつながりもなく、そのためそれにとっては歴史もまだなく、ありうるのはカタログだけなのだ」などと主張していた。[12] しかもそうした議論の背後にはあきらかに、一八三〇～四〇年代を境に、文学は本来国民文化の中心的な担い手となるべきだ、という考え方が文学者たちのあいだで共有されはじめていたことも透けて見えるのである。

このことが示しているのは、国民文学としての「ロシア文学史」が提示する歴史的パースペクティヴは、中世以来自然に発生し形成されてきた民族的独自性の発展過程の客観的・事実的な記述などではけっしてない、ということにほかならない。じつは、十九世紀初期になってようやくロシアにも流入しはじめた世界的なナショナリズムの大きな潮流によって、いまだ存在しない真に「国民的」な文学の探求がまさにこの時期から開始され、それによってはじめて、それ以前の過去の文献や文芸の歴史を、その前史としてひとつのパースペクティヴのなかに位置づけることが必要とされたのである。

こうしたナショナリズム興隆の直接的原因となったのはもちろん、政治的には十八世紀末以降のフランス革命による、王権や教会に対抗するものとしての「国民」の理念の焦点化や、それに続くナポレオン戦争による愛国心の高揚、またドイツ語圏を中心に、とりわけヨハン・ゴットフリート・ヘルダー以後多大な影響力を及ぼすようになる、特殊なもの、個性的なものの重視にもとづいた、ロマン主義的なナショナリズムや民族主義の浸透であった。(13)

実際ロシアでは、「ロシア文学史」と題された最初の書物『簡約ロシア文学史の試み』（一八二二）はロマン主義的民族主義者であったニコライ・グレチの手になるものであったし、また、中世の文芸作品をロシアで初めて一貫した歴史的発展のパースペクティヴのなかで記述したものとして有名な『ロシア文芸史』第一巻（一八四六）は、やはりドイツ・ロマン主義の影響を受けた民族主義者であり、スラヴ派のひとりにも数えられるステパン・シェヴィリョフによって上梓されている。(14) それに先立つ一八三五年に発布された新大学令により、帝政ロシアの各大学では、それまで行われていた古典主義的な修辞学の授業にかわって、ロシア史、ロシア語・ロシア文芸、比較スラヴ学など、ナショナリティにもとづく歴史的研究の講座が史上はじめて導入されていたが、(15) シェヴィリョフはまさに、モスクワ大学に開設されたこのロシア文芸史講座の教授となった。また、イワン・キレエフスキイの弟で民俗学者だったピョートル・キレエフスキイは、一八三〇年代には民謡の採集に着手している。

このように、十九世紀初期に突如として熱を帯びるようになったロシアに独自な国民的文学の歴史的探求こそが、それまで特段だれにも注目されることもなかった中世の古文書やフォークロア、個々の文芸作品などを、来るべき国民的文学の歴史的起源や民族的伝統に連なる前史として、歴史を遡行する形で再発見し位置づけていったのだった。実際、ロシアでは中世文学の系統的な歴史的研究自体、十九世紀以前にはほとんどなされておらず、「中世ロシア文学史」という概念そのものが、十九世紀になってようやく現在あるような姿を獲得した歴史的形成物にすぎない。

十九世紀後半の著名な中世文学史家のひとりであるヴラジーミル・ペレッツも証言しているように、「概して言えば、〔ロシアにおける中世〕文学の歴史的研究は十八世紀にはようやく緒についたばかりだった」のであり、「十九世紀初期でもやはりその仕事はもっぱら古い文献の探索と収集だった」。彼によれば、そもそもヨーロッパ全域で中世文学への注目がはじまるのが、十八世紀末のヘルダーやグリム以降のロマン主義期のことにすぎない。[16] 別の著名な中世文学史家アレクサンドル・アルハンゲリスキイもまた、古い時代の神話や文学を「諸民族の生活の初期段階」、「諸民族の揺籃期」の産物と呼んでいる。つまり彼にとって近代以前の文学はあくまで、近代のナショナリスティックな国民的文学の開花を前提とした、その前史としてしか位置づけられていないのである。[17]

「官製国民性《ナロードノスチ》」の帝国性

西欧の革命主義や民族主義とも連動したこうした文学の国民化の動きが、当時の政府の目に一定の警戒を要するものと映ったことは想像に難くない。実際たとえば、大学では三〇年代からロシア文芸史講座を設置したにもかかわらず、政府は十九世紀を通して中等学校のカリキュラムに国民文学としての「ロシア文学史」科目を加えることに一貫してきわめて消極的であった。一八〇四年の学校令には文芸の教科についての規程自体が存在せず、また一八一一年、当時監督官だったセルゲイ・ウヴァーロフによりペテルブルク教育管区のみに導入された新カリキュラムでも、国語・文芸がはじめて最重要教科のひとつとして公認されたものの、実際の教育内容は、実質的に古典主義的な修辞学、作文法、詩作法で占められ、一八二八年の新カリキュラムも、文学史の概説を含んではいたが、文芸の時間数は削減されたうえやはり修辞、作文が中心となっていた。一般に十九世紀初期のロシアの学校教育においては「文芸《スロヴェースノスチ》」とは文芸理論、すなわち古典主義的な修辞学、作文法、作詩法を意味していたのである。[18]ギムナジアのカリキュラムに独立した科目として「文学史」が加えられたのは、一八七七年以降のことである。

このように、帝政ロシア政府の側が、西欧でロマン主義以降急速に広まり、ロシアにも流入しはじめたナショナリスティックな国民性の創出や独自の国民文化・文学の発見や普及にたいして一貫して抑止的だったことは、一八三二年に国民教育省次官となったウヴァーロフが皇帝ニコライ一世に上奏したことで有名な彼のロシア国家理念「正教・専制・国民性《ナロードノスチ》」におけるいわゆる「官製国民性《ナロードノスチ》」や、そのウヴァーロフとも密接な関係にあったとされる同時期の歴史家ミハイル・ポゴージンによる、ルーシの起源をノルマン（ヴァリャーギ）に見出そうとする「ルーシ＝ノルマン説」に見られる彼の国家観や国民《ナロード》観と対比してみると、さらに明確になるだろう。

下里俊行も論じているように、ウヴァーロフの「国民性《ナロードノスチ》」概念は、正教や専制のような「自国の既存の宗教・政治機構を前提として、それらが依拠する基体としてのロシア帝国全臣民（人口）＝「ナロードノスチ」に立脚して外部からの有益な文化的要素を摂取することで、総体として自立的に扶養可能な国家有機体を構築しようとする保守的ユートピア思想」[19]にもとづいており、あきらかに民族主義やナショナリズムに起源をもつ国民国家的な国民＝市民というよりも、あくまで帝国内の多様な民《ナロード》（臣民）の多様な文化を内発的に統合することで外部に依存しないひとつの完結した世界をつくるという、帝国的な色彩のきわめて強いものだったと言える。

また下里によれば、ポゴージンの「ルーシ＝ノルマン説」でも、ロシア帝国の支配層の外来性、異種混交性、多宗派性を、民《ナロード》みずからがそれを望み招請した結果ととらえ、それを「摂理」として受け入れる点が強調されており、民《ナロード》が内発的にみずから既存の宗教・政治機構を受け入れてゆく、というウヴァーロフの国家理念を、いわば歴史的なナラティヴの側面から補強し正当化しようとしたものとも受け取れよう。[20]実際、オリガ・マイヨーロワも、当時、ハザル人説やスラヴ人説など、さまざまな見方が提起されていたルーシの初代統治者リューリックの出身をヴァリャーギとする説は、まさにこのニコライ一世の時代の歴史学の論争のなかで建国神話として規範化されたものだと論じているのである。[21]

こうしてみると、この時代にウヴァーロフが官製国民性《ナロードノスチ》のコンセプトを提起した背景にあるのは、フランス革命やナポレオン戦争、ロマン主義を起源とする、西欧型の民族主義的かつ国民国家的な市民的「国民性《ナショナリティ》」理念の国内での拡大にいわば対抗するために、ロシアの帝国支配を正当化する帝国臣民的な「国民性《ナロードノスチ》」を定式化しておく必要が生じたということなのではないか、と思えてくる。

キエフ・ルーシとの文化的一体性

このように、十九世紀前半のロシアでは、一方でリベラルかつ市民的な社会改革や革命主義的要求を掲げる知識人たちの出現と連動するかたちで、また他方では、個別特殊な文化や言語の民族的独自性を重視するロマン主義的価値観の流入にともなって、西欧型のナショナリスティックな国民的文学の創設を求める文学者たちが勢力を拡大し、そうした西欧的な観点での国民的文学の創設にとって不可欠な、国民的独自性の歴史的起源やその有機的発展の一貫した過程、すなわち民族的・国民的「伝統」の正当性をなるべく遠い過去にまでさかのぼって証明（というよりむしろ発明）することが急務となっていった。というのも、ナショナリズムに基づいた国民的文学がロシアにも存在しうることを証明するためには、イギリスやフランス、ドイツに匹敵するほどの古さを持つ国民《ナショナル》的な歴史的伝統の発掘が不可欠だからである。

そのために近代のロシア文学がみずからの国民的起源として利用可能だった最も古い時代の文化遺産として再発見したものこそが、それまでほとんど注目されることがなかった、中世キエフ・ルーシの教会文献や世俗文献にほかならなかった。現在では中世ロシア文学の国民的傑作と位置づけられるロシア文学史上最も重要な叙事詩で、キエフ・ルーシ時代（十二世紀末）成立とされる『イーゴリ遠征物語』の写本が、一八〇〇年になって初めて発見されたこと、すなわち十九世紀の直前になるまでだれひとりその存在すら知り得なかったという事実は、中世キエフ・ルーシと近代のロシア国民文学との結びつきが、じつはこの時代まで意識されていなかったことを雄弁に物語っているように思われる。

実際、ヴェラ・トルツも、モスクワ公国時代の住民たちは自分たちと他の東スラヴ人をはっきり区別していたのであり、ウクライナや他のスラヴ人たちと共通の過去を持つという考え方は、十九世紀に入る以前にはほとんど見られず、キエフ・ルーシにまでさかのぼるロシアとウクライナの一体性の理念は、その後になって、ロシアからソヴィエト後期に至る歴史学のなかで常識化されたものにすぎないと指摘している。(22) アストリド・タミネズも論じているように、ロシアの領土的な一体性を、「タタールの軛」によって切り離されたキエフ・ルーシの遺産の回復として捉えるような見方は、とりわけ十九世紀に入ってから、歴史家や知識人によって広められたものなのである。(23)

つまり、現在まで流布されているような、近現代ロシアと中世のキエフ・ルーシとの文化的な一体性は、自然でかつ自明な文化史の必然的過程の結果などではけっしてない。それは、十九世紀初期の前後になってようやく西欧から輸入された、ナショナリスティックな近代的国民文学や国民史という新しい観念をロシアでも実現するために新たに発明された虚構的なナラティヴにほかならず、一体的な文化の歴史的伝統なるものを、近代的な国民文学の考え方から遡及的に中世に適用することで構築し正当化しようとするアナクロニズム以外の何ものでもない。

キエフ・ルーシとの文化的一体性についての神話は、まさにこのとき以降、十九世紀ロシアの文学史研究の進展をつうじて、教科書的な歴史的知識の常識として定着させられてゆくことになる。興味深いのは、そうした文学史研究の代表的な担い手の多くが、じつは反政府的、あるいは進歩派的な陣営に属していたことである。ウヴァーロフやポゴージンのような官製の帝国的「国民性《ナロードノスチ》」に抵抗するかたちで、ロシア文学史研究は、中世から近代にいたるロシアのナショナルな独自性についての「国民的自覚」の一貫した発展と開花の歴史を、他の有力な西欧各国の国民文学史とのアナロジーのなかで追究しようとした。

しかし私たちは、やがてそうしたロシアのナショナリスティックな独自性の「国民的自覚」のなかに、ロシア文化のある種帝国的な世界性、普遍性や多様性のトータルな統一・包括、という理念がふたたび姿を現してくるのに出会うことになるだろう。十九世紀後半にかけてナショナリスティックな文学の国民化が進行するなかで、ロシア文化の国民的独自性そのものが帝国的なものである、という帝国的ナショナリズムへのシフトが起こってくるのである。そこで次節では、十九世紀後半から二十世紀初頭にかけてのそうした変化を、文学史研究や当時のロシア文学・文化・思想の領域にたどってゆくことにしよう。

二　「国民精神」の発現としての文学史

文学のナショナリスティックな規範化

一八三〇年代にはまだ「国民的」なものではないと考えられていたロシアの文学は、一八四〇年代以降、ゴーゴリ『死せる魂』(四二)、ドストエフスキイ『貧しき人々』(四六)、トゥルゲーネフ『猟人日記』やトルストイ『幼年時代』(ともに五二)、ゴンチャロフ『オブローモフ』(五九)など重要な作品をつぎつぎと世に送り出していった。クリミア戦争(五三〜五六)でフランスとイギリスに敗退した危機感から政府が農奴解放や法制度改革、地方自治制度の創設、兵制や教育の改革など広範な社会改革を急激に推し進めた「大改革期」と呼ばれる一八六〇年代以降になると、文学はその存在感をさらに増し、トゥルゲーネフ『父と子』（六二）、ドストエフスキイ『罪と罰』（六六）、『白痴』（六八）、『悪霊』（七一）、『カラマーゾフの兄弟』（八〇）、ゴンチャロフ『断崖』（六九）、トルストイ『戦争と平和』（六四〜六九）、『アンナ・カレーニナ』（七三〜七七）といった、現在ではいずれも世界的な古典とみなされる著名な長篇作品を数多く生み出したのである。

こうしたなかでロシア文学は、とりわけ一八七〇〜九〇年代にかけての時期に、ロシア社会のなかで国民精神の偉大な体現者としての評価を確固たるものにしてゆくことになる。そしてまさに、そのような動きと連動するかたちで、プーシキンからはじまる十九世紀近代ロシア文学の黄金期の規範化＝正典化が、アカデミックな文学史研究や官民一体となった記念行事の開催、学校カリキュラムへの文学史教育の導入、大衆的読者にたいする近代ロシア文学作品のさまざまな普及活動などにより、急速に進行していったのだった。

アカデミックな文学史研究も、すでに述べたように一八三〇年代半ば、各大学にロシア文芸史講座が新設されたことによってその緒に就いたかに見えたが、それが素朴なロマン主義的理想化の段階を脱して実証的な科学性を獲得し、文芸のアカデミックな研究における最先端の中心的分野としての地位を確立するのは、まさに六〇年代から九〇年代にかけてのことだった。

こうした実証的、科学的なロシア文学史研究への方向性を果敢に切り開き、その発展を牽引して、中世キエフ・ルーシから近代のプーシキン、ゴーゴリを経て文豪たちがつぎつぎと世界的傑作を生み出したいわゆる十九世紀ロシア文学の「黄金時代」へと至る、今日では教科書的常識となっているようなロシア文学史の規範的パースペクティヴを学問的に確立し定着させた代表的人物が、アレクサンドル・プイピンやセミョーン・ヴェンゲーロフといった著名な文学史家たちだったのだが、注目すべきなのは、じつはこのプイピンもヴェンゲーロフもともに、政治的には明確な進歩派的立場に立ち、帝政ロシア政府の政策への抵抗によって実際に大学を追われ、その後の経歴のほとんどを在野の学者や著述家、雑誌編集者として過ごしながら学問的名声を獲得した経歴を持っていることなのである。

革命的民主主義者として知られる批評家ニコライ・チェルヌィシェフスキイの従弟でもあったプイピンは、一八五三年ペテルブルク大学を卒業する頃から進歩派の雑誌『祖国雑記』に寄稿を始め、その後ヨーロッパ留学派遣を経て一八六〇年にペテルブルク大学世界文学史講座員外教授に就任したが、当時の国民教育大臣による学生運動弾圧に抗議して翌六一年には大学を辞職し、それ以降は『同時代人』や『ヨーロッパ報知』などリベラル系進歩派の総合雑誌の編集者として活動するかたわら執筆も続けた。『スラヴ諸文学史概説』全二巻（一八七四～一八八一）、『ロシア民族学史』全二巻（一八九〇～九一）、そして、現在常識となっているようなロシア文学史の基本的な図式を確立した重要な著作として有名な『ロシア文学史』全四巻（一八九八～一八九九）も含めて、彼の主要な学問的業績はほとんどすべて、こうした一般読者向けの雑誌をとおして発表されたものなのである。しかもこうした業績が評価された彼は、一八七〇年代に科学アカデミー会員に推挙されたものの、その際は反政府的政治思想を理由として政府に却下されてしまう。プイピンが最終的に科学アカデミー入りを認められたのは、ようやく一八九一年になってからのことだった。

ヴェンゲーロフもまた、デルプト大学で文学を学び、一八八〇年に教授資格取得のためペテルブルク大学に送られた後、経済的理由で一時鉄道に勤務していた頃から警察の監視対象となっていたようである。やがて文学史の研究に戻ったものの、著作『現代ロシア文学史・第一部』(一八八五)が検閲で刊行禁止となり、一八九七年にはペテルブルク大学私講師に就任するが、政治的な要注意人物と見なされて九九年には解任され、一九〇六年まで教職に復帰できなかった。若いころからすでにリベラル系進歩派の雑誌に寄稿していた彼は、みずからも雑誌や文学叢書の編集に携わり、また『ブロックハウス・エフロン百科事典』や『新百科事典』などの百科事典の文学部門の監修も手掛けていたのである。

こうしてみると、プイピンやヴェンゲーロフによる、国民的文学としての「ロシア文学史」の学術研究そのものが、じつは帝政ロシア政府の政策や国家統治のあり方を明確に批判する彼らの政治的スタンスとけっして無関係に確立されたものでないことはあきらかだろう。

イッポリト・テーヌやヴィルヘルム・シェーラーなど、各民族《ネーション》・国民に独自の文化的発展過程に注目する西欧の実証主義的な国民文学史研究の方法論に精通していたプイピンは、本来自己のものでない外来の多民族的・多宗派的統治形態を摂理として受け容れるウヴァーロフ＝ポゴージン的で帝国的な官製「国民性《ナロードノスチ》」に対抗するかのように、文学は国民・民族の全体を貫いて有機的に内在する「国民精神」という国民独自の価値観の一貫した発現なのだと主張する――「ある国民の文学は国民精神の創造物である。〔……〕それは底部に国民の力がより多く参加していればいるほど、崇高であり得る」。(24)

つまり彼によれば、国民的な文学は、個々バラバラで多様な諸価値が、外的権威へとモザイク的に帰依するようなものではなく、理想的には国民全員が同等に参画すべき統一的な「国民精神」の体現でなければならない。だからこそプイピンにとっては、「民族的、社会的諸関係の外に存在する絶対的人間など考えられないのと同じように、絶対的芸術家も考えられない。あらゆる文学は〈国民的《ナツィオナリヌイ》〉である、すなわち民族的特徴、社会的特質やイデーのしるしを負っている」[25]のである。

したがって、彼にとって文学史研究が、たんなる個人的な審美的趣味判断や個々の作品、作者の偉業の羅列ではなく、ある民族＝国民が有機的一体となって歩んできた社会や心理の総体の精神的発展の歴史的過程として、国民社会思想史研究と同一視されるのも不思議ではない。

〔……〕現代の文学史は、第一に芸術文学の分野における国民《ナツィオナリヌイ》的な文学的労作の運命を、中世の民衆史におけるその最初の現れから記述するという課題を持ち、第二に、純粋な芸術に限定することなく、これらの文学作品を国民《ナロード》と社会の心理学のための素材と考えて、国民《ナツィオナリヌイ》的、社会的思想と感情の類似した発現を研究し、最後に文学現象を国際的な相互関係のなかで比較して研究するのである。[26]

このように、全国民が参与すべき国民精神のナショナリスティックな表現としての国民文学史は、たんなる個別の美的趣味を超えたロシア国民・民族独自の共同的な価値観を体現する国民社会思想史として、他の西欧諸国の国民文学との関係や比較のなかで評価されるべきだという考え方は、プイピンより二十年ほど下の世代となるヴェンゲーロフの場合には、さらに露骨な調子で表明されている。たとえば彼は第一次大戦中の一九一六年、中等学校の文学カリキュラムについての演説のなかで、つぎのように主張した。

私がもうずっと、自分の書いたもののなかで執拗に語り続けているのは、まさに十九世紀ロシア文学の独自性や魅力についてであり、ロシアの教育におけるその特別で決定的な意義について、まさに現代ロシア文学こそロシア精神の中心的な現れであり、それが私たちを西欧の偉大な文化的諸民族と同列に置いたのだということについてなのです〔……〕。今は、一番悲しい感情を表現するにとどめておきますが、それは大学でもギムナジアでも教育に、十九世紀ロシア文学ほどに、ロシアの国民的才能があざやかに、また完全に現されているものはないという意識があまりに浸透していないということです。そこで私が、基本的な自分のテーゼとして提起するのは、いずれにせよ、中等学校においては重心の移動が断固として必要なのだということです。具体的に言うなら、中等学校のロシア文学史課程全体の三分の二以上を、まさに十九世紀を明確に会得するためにささげるべきなのです。(27)

ここにはあきらかに、十九世紀ロシア文学こそ、他の西欧諸国の「偉大な」国民《ネーション》・民族の文化とまさに「同列」という意味で、ロシアの国民精神を最もよく体現する偉大な国民文学にほかならない、という並々ならぬ自負を読み取ることができるだろう。しかもこうした彼の発言は、たんに第一次大戦による愛国心の一時的な社会的高揚によって生まれたものではない。というのもヴェンゲーロフはそれよりずっと以前から、近代ロシア文学の世界的な優位性についてくりかえし主張していたからだ。

すでに一八九七年の講義『現代ロシア文学史の基本的特徴』で彼は、「高い次元で発揮される個人の才能、そして重要なのは、その基本的潮流において、十九世紀後半のロシア文学は、西欧の現代文学よりも断然高いところにある」と述べたうえで、その理由を「文学は生活の反映」であり、「偉大な国民はつねに偉大な文学を持ち、また逆に、偉大な文学は、偉大な国民の精神的生活の所産である」からだ、と説明している。ヴェンゲーロフによれば、科学や造形芸術では西欧に比肩しえないロシアでは、唯一現代ロシア文学こそが西欧諸国を凌駕する発展を遂げたのであり、したがって、まさにロシア文学こそが「ロシア精神の最もめざましい現れ」にほかならないのである。(28)

このように、プイピンやヴェンゲーロフにとって、国民文学としてのロシア文学の歴史は、あからさまに西欧諸国の国民文学と同じ水準において捉えられ、その比較のなかで評価されるべきものと考えられていた。しかも十九世紀末から二十世紀初頭の時期には、近代ロシア文学は西欧諸国の国民文学をすでに追い抜くほどの偉大な国民精神の所産とすら見られていたのである。

じつはこうした見方の背景には、一八八〇年代から二十世紀初頭にかけて全ヨーロッパ的に広まった、ロシア文学の世界的ブームがあった。フランスの元外交官で著述家のメルキオール・ド・ヴォギュエが一八八六年に刊行した『ロシア小説』がベストセラーとなり、その結果それまで外国ではほとんど知られていなかったロシア文学を翻訳・紹介する動きが欧米に広がって、ドイツやフランスでは一八八〇〜九〇年代にはドストエフスキイやレフ・トルストイの主要な小説はほとんどすべて訳出されたし、英語圏でも一八八〇年代末までには近代ロシア文学の主要作品は翻訳で読めるようになっていたのだった。(29)

その様子についてプイピンは一八八六年のある雑誌記事で、「〔外国では〕ロシア文学の翻訳が土砂降りのごとくに降り注ぎ、ゴーゴリからレフ・トルストイまで、我が国の現代〔文学〕の最も優れた名前がそこでの地位を確立した」と報告し、それを「国外におけるロシア文学の成功」、「本物の勝利」とまで呼んでいる。[30] また『ロシア文学史』の序文でも彼は、「西欧におけるロシア文学の最近の流行は、西欧諸国の文学との古い関係が終ったということだ」と述べて、西欧の国民文学の模倣や後追いに甘んじていると見られていたロシア文学が、独自の国民性やロシアの国民精神を体現したユニークな国民文学として、西欧諸国の偉大な文学と肩を並べるほどの普遍性や世界性を獲得したとの認識を示しているのである。[31]

国民的独自性としての「普遍性・世界性」

ここで私たちが注意しなければならないのは、ヴェンゲーロフやプイピンにとって、ロシアのナショナルな国民文学の特殊性・独自性は、まさにそのロシア的な「国民精神」のユニークな独自性そのものによって、それが逆説的に世界性や普遍性を獲得する点にある、と考えられていることであろう。実際ヴェンゲーロフは、当時の西欧諸国の国民文学に比したロシア文学の最大の独自性は、純粋な芸術の領域という狭い枠組みを超えた、より幅広い精神性や倫理性にあると考えていた。彼によれば七〇～八〇年代の西欧文学が「ポルノグラフィーに接近し、理念を失っていた」のにたいして、ロシア作家にあっては、徹底したリアリズム的な再現性は「それでも理念の光で照らされ、人間への愛に満ちていた」のであり、「我が国の文学はけっして純粋に芸術的な興味の範囲内に閉じこもらず、つねに教えの言葉がそこから響く演壇だった」。[32] このように、文学・芸術という狭い領域をはるかに超えた普遍的な精神性や人間性、倫理性の追求こそが、ロシアの国民精神の発現としての近代ロシア文学最大の独自性であり、まさにこうした特徴のおかげでロシア文学は、グローバルな流行をも引き起こすような世界性・普遍性を獲得した、というわけだ。

じつは、近代ロシア文学の国民的独自性や特殊性をその普遍的な世界性に見出す、というある意味で矛盾しているようにすら思える考え方は、プイピンやヴェンゲーロフだけに特有の観点なのではない。近代ロシアの文学や思想のなかで、個別・特殊であるはずのロシアの国民性がむしろ普遍性や世界性という形で表象されるという事態は、歴史的に見てもけっして珍しいことではなかった。興味深いことに、政治的には彼らのような進歩主義的なリベラルとはあきらかに異なる保守主義的な立場にあったはずのドストエフスキイも、死の前年の一八八〇年におこなったプーシキンの記念碑除幕式における有名な演説で、「国民的詩人」プーシキンを他国の著名な国民詩人たちと比較しながら、つぎのように述べている。

> ヨーロッパ諸国の文学には途方もないスケールの芸術的天才たちがいる――シェークスピアたち、セルバンテスたち、シラーたちだ。だが、こういう偉大な天才たちのなかに、我が国のプーシキンほど世界中のあらゆることに感応できる能力をそなえた者がひとりでもいたら挙げてもらいたいものだ。そしてほかならぬこの能力、我が国民《ナツィオナーリノスチ》・民族の最も肝要な能力を、彼はまさに我が国民《ナロード》と分かち合っているのであり、これが肝心なのだが、そうだからこそ彼は国民詩人なのである。(33)

ドストエフスキイによれば、「ロシアの心、ロシア国民の体現者は、おそらくどんな国民にもまして、全人類的統一や兄弟愛、敵を許し、反目するものを見つけ出して和解させ、矛盾を取り除く冷静な目といった理念をみずからの内に保持する能力に最も長けている」[34]のであり、それはそのままロシアの国民的文学の、西欧文学にはない独自性そのものだった。つまり彼にとっても、ロシアの国民的独自性とはまさに、特定のナショナリティを超出するような、その世界性や全人類的な普遍性だと言うわけである。

このような国民《ナショナル》・民族的な特殊性と帝国的な世界性や多様性、普遍性との奇妙な融合は、十九世紀後半から帝政末期にかけて、ロシア文化や社会のさまざまな領域で顕著に見られるようになってゆく。たとえばA・パンチェンコによれば、十九世紀後半から二十世紀初頭にかけてロシアの各地方に開設された地誌博物館や民族学博物館では、多民族帝国としてのロシアの民族的多様性の意識は、同時にそれらをロシアの一部として表象する傾向と曖昧に共存しており、大改革期以降のロシアが、帝国であるべきか、国民国家であるべきかについて、確立した理解は存在していなかった。[35]またN・スラヴニツキイは、やはり大改革期以降にロシア・ナショナリズムの「国家化」がロシア正教会の降誕祭などのイベントとも結びつくかたちで進行し、十九世紀末に、宮廷にも取り入れられた「擬ロシア様式」の建築や美術が流行したことを指摘している。[36]まさに「ナショナルな感情と帝国的プライドの独自なブレンドこそ、十九世紀ロシアにきわめて典型的なもの」であり、そのことが示すのは「ロシアの国民的《ナショナル》アイデンティティはその帝国的アイデンティティのもとに包摂されていた」（マイヨーロワ）という事態なのである。[37]

ロシアの国民《ナショナル》・民族的な独自性が、むしろ民族的多様性を包括する帝国的な世界性、普遍性にある、というこうした逆説的とも言える「独自のブレンド」はおそらく、ロシア革命直後に亡命した言語学者、文献学者、歴史家らの知識人を中心として形成された「ユーラシア主義」――ロシアを盟主としてユーラシアの多様な諸民族が、それぞれに独立しながらも有機的にひとつの国家的連合体を形成するという政治的イデオロギー――のなかに、最もあざやかな形で姿を現していると言えるかもしれない。ソヴィエト成立直後にその多民族的帝国的支配の統治体制を理論面から正当化しようとしたこの思想的潮流は、一九八〇年代後半の「ペレストロイカ」時代からソ連解体の前後にかけて、レフ・グミリョフの著作をつうじて「ネオ・ユーラシア主義」としてよみがえり、現在もアレクサンドル・ドゥーギンら民族主義の思想家たちに受け継がれて、多民族的なロシアの帝国的支配のイデオロギーとして機能しているのである。[38]

むすびにかえて

ここまで見てきたように、十九世紀ロシアで進展したナショナリスティックな国民文学創設の動きは、帝政ロシア政府の帝国的な「官製国民性」に対抗するように、西欧型の市民的・国民国家的な意味でのロシア独自の文学の確立を目指してきたのであり、その点で基本的にロシア国家の帝国的統治政策とは相反する側面を持っていた。しかし一方でこうしたナショナリスティックな文学や歴史の国民化は、帝国的な文化の多民族性や、もともと歴史的に連続しているとさえ見られていなかった時代や地域を、国民的発展の一貫した歴史的パースペクティヴのなかで有機的に連続したものとして見出すことを可能にした。それによって、中世キエフ・ルーシとロシア文化との一体性も、十九世紀になってようやく、近代ロシア文学のナショナルな歴史的起源として遡及的に「発見」されたのである。

しかし一方で、十九世紀ロシアにおける文学の国民化は、ロシア国民精神のナショナルな独自性、特殊性をむしろ、多様性を包括する世界性や普遍性に見出し、いわば帝国的な性格に求めるという方向性をも次第に明確にしてゆく。こうした傾向は、十九世紀後半から二十世紀初頭にかけて、帝国的性格とナショナリズムとの独自なブレンドとしての「帝国的ナショナリズム」となって、ロシア文化の幅広い領域で見られるようになり、革命直後に出現したユーラシア主義のような、ロシアによる多様な民族の帝国的統合を正当化する民族主義的な思想的潮流にまでその影を落としているように思われる。このように、個別の民族性を超越したものとしてロシアのナショナリズムを捉えるナラティヴは、R・バラシも指摘するように、二〇一四年以降のウクライナ東部での紛争においても、親ロシア派勢力によって利用されているものであり、ウクライナとロシアの文化的一体性にかんするナラティヴと同様に、現在に至るまで、ロシアによる周辺諸国や諸民族の帝国的支配を正当化するイデオロギー的な基盤となって機能し続けているのである。(39)

注

(1) 革命後から第二次大戦後にかけてのソヴィエト国内における文学への政治的抑圧や反体制文学、亡命文学については、M・ヘイワード、L・ラベッツ共編（島田陽、高野雅之訳）『文学の屈従』国文社、一九七二年、川崎浹『ソ連の地下文学（朝日選書）』朝日新聞社、一九七六年、水野忠夫『囚われのロシア文学　ソヴェト政権下の文芸活動（中公新書）』中央公論社、一九八六年、沼野充義『徹夜の塊 1 亡命文学論』作品社、二〇二二年、Barbara Martin, *Dissident Histories of the Soviet Union: From De-Stalinization to Perestroika* (London: Bloomsbury Academic, 2019). などが参考になる。

(2) ただし、ロシア語に「ナショナリズム национализм」という用語が実際に定着したのは一八八〇〜九〇年代のことだとされている。См. *Сергеев С. М.* Русский национализм и империализм начала XX века // Нация и империя в русской мысли XX века. М., 2003. С. 11.

(3) Hans Rogger, "Nationalism and the State: A Russian Dilemma," *Comparative Studies in Society and History* (Vol. 4, No. 3, Apr., 1962), pp. 253-264.

(4) Geoffrey Hosking, *Russia: People and Empire 1552-1917* (Cambridge: Harvard Univ. Press, 1997), pp. 291-294.

(5) Vera Tolz, *Russia* (London: Arnold /Hodder Headline Group, 2001), pp. 1-7.

(6) Olga Maiorova, *From the Shadow of Empire: Defining the Russian Nation through Cultural Mythology,* 1855-1870 (Madison: Univ. of Wisconsin Press, 2010), p. 13.

(7) たとえば、ロシア大統領府が二〇二一年七月に公表し、後のウクライナ侵攻を正当化する内容を含んだ論文「ロシア人とウクライナ人の歴史的一体性について」は、まさに十九世紀以降に形成された教科書的かつ通俗的なロシア史の神話的ナラティヴを延々と並べたてることで、キエフ・ルーシ以降のロシアとウクライナが文化的・歴史的に一体であるという主張を正当化しようとしている。См. Статья Владимира Путина «Об историческом единстве русских и украинцев» // http://kremlin.ru/events/president/news/66181（二〇二三年五月二十五日閲覧）

(8) *Бестужев А. А.* Взгляд на русскую словесность в течение 1824 и начале 1825 годов // Полярная звезда. М.-Л.,

1960. С. 488.

(9) *Киреевский И. В.* Обозрение русской словесности 1829 года // *Киреевский И. В.* Критика и эстетика. М., 1979. С. 77-78.

(10) *Пушкин А. С.* Денница. Альманах на 1830 год // *Пушкин А. С.* Полн. собр. соч. В 10 т. Т. 7. Л., 1951. С. 125. また、*Захаров В. Н.* Есть ли у нас литература? Концепты *литература и словесность* в русской критике // Проблемы исторической поэтики. 2016. Вып. 14. С. 8. を参照。

(11) *Пушкин А. С.* Пиковая дама // *Пушкин А. С.* Полн. собр. соч. В 10 т. Т. 6. Л., 1950. С. 326.

(12) *Белинский В. И.* Литературные мечтания //*Белинский В. И.* Полн. собр. соч. В 13 т. Т. 1. М., 1953. С. 87; *Белинский В. И.* Русская литература в 1840 году //*Белинский В. И.* Полн. собр. соч. В 13 т. Т. 4. М., 1954. С. 414. 傍点原著者。

(13) ロシアにおけるヘルダーの影響の重要性については、アイザィア・バーリン（小池銈訳）『ヴィーコとヘルダー　理念の歴史・二つの試論』みすず書房、一九八一年、を参照。

(14) *Греч Н. И.* Опыт краткой истории русской литературы. СПб., 1822; *Шевырев С. П.* История русской словесности, преимущественно древней. Т. 1. Ч. 1, 2. М., 1846.

(15) *Архангельский А.* Труды академика А. Н. Пыпина в области истории русской литературы // Журнал Министерства народного просвещения. 1904. № 2. Часть CCCLI. С. 78; *Сухомулинов М.* О трудах истории русской литературы // Журнал Министерства народного просвещения. 1871. Часть CLVI. С. 148; *Витберг Ф.* Указатель книг и статей по вопросам преподавания истории русской литературы в средних учебных заведениях. СПб., 1903. С. II. などを参照。

(16) *Перетц В. Н.* Краткий очерк методологии истории русской литературы. М., 2010. С. 66-67, 182-183.

(17) *Архангельский А. С.* История литературы, как наука. Варшава, 1897. С. 5-6.

(18) *Роткович Я.* Очерки по истории преподавания литературы в русской школе. М., 1953. С. 102, 144, 162; *Архангельский А.* Заметки на программу по истории русской литературы и теории словесности, составленную комиссией ученого комитета // Журнал Министерства народного просвещения. 1906. № 4. Новая серия. Часть II. С. 67; *Данилов В.* Литература как предмет преподавания. М., 1917. С. 9; *Степанов С.* Обозрение проектов реформы средней школы в России, преимущественно в последнее шестилетие (1899-1905 гг.). СПб., 1907. С. 7. また、貝澤哉「19世紀後半から20世紀初頭のロシアにおける文学教育と文学の国民化　ギムナジアにおける文学教育カリキュラムをめぐって」『スラヴ研究』第五十三号、二〇〇六年、六四頁を参照。

(19) 下里俊行「一八三〇年代のロシア保守思想家達の「ナロードノスチ」概念の再検討」『ロシア史研究』九十五号、二〇一四年、八頁。

(20) 前掲論文、九～一四頁。

(21) Maiorova, *From the Shadow of Empire*, pp. 22, 53-93. を参照。

(22) Tolz, *Russia*, p. 5.

(23) Astrid S. Tuminez, *Russian Nationalism Since 1856: Ideology and the Making of Foreign Policy* (Lanham, Boulder, New York, Oxford: Rowman and Littlefield Publishers, 2000), p. 30.

(24) *Пыпин А. Н.* История русской литературы. Т. 4. 4-е изд. СПб., 1913. С. 265.

(25) Там же. С. 588.

(26) Там же. С. III. また、プイピンにおける「国民文学史」の理念については、貝澤哉「ロシアにおける「国民文学史」

の形成　A・プイピンの文学史研究をめぐって」『比較文学年誌』第三十一号、一九九五年、六五～七八頁を参照。

(27) *Венгеров С. А.* Русская литература в средней школе, как источник идеализма. Пг., 1917. С.7-8. 傍点引用者。

(28) *Венгеров С. А.* Основные черты истории новейшей русской литературы. 2-е изд. СПб., 1909. С. 8-11.

(29) Gilbert Phelps, *The Russian Novel in English Fiction* (London: Hutchinson's University Library, 1955), p. 35.

(30) *Пыпин А. Н.* Русский роман за границей // Вестник Европы. 1886. Т. 5. Кн. 9. С. 301.

(31) *Пыпин А. Н.* История русской литературы. Т. 1. СПб., 1898. С. 33. また、十九世紀末から二十紀初期の世界的なロシア文学ブームについては、川端香男里「ヴォギュエの『ロシア小説』をめぐって」（川端香男里『薔薇と十字架 ロシア文学の世界』青土社、一九八一年、三三五～三六七頁）、および、Hajime Kaizawa, "“The Period of Stagnation” Fostered by Publishing: The Popularization, Nationalization and Internationalization of Russian Literature in the 1880s", in Tatsumi, Yukiko and Tsurumi, Taro, eds., *Publishing in Tsarist Russia: A History of Print Media from Enlightenment to Revolution* (London, N.Y., Oxford, New Delhi, Sidney: Bloomsbury Academic, 2020), pp. 79-83. を参照。

(32) *Венгеров.* Основные черты истории новейшей русской литературы. С. 8, 12.

(33) *Достоевский Ф. М.* Пушкинская речь // *Достоевский Ф. М.* Полн. собр. соч. Т. 26. Л., 1984. С. 145.

(34) Там же. С. 131.

(35) *Панченко А. Б.* Подходы к репрезентации этнического многообразия Российской империи // Нации и этничность в гуманитарных науках. Этнические, протонациональные и национальные нарративы: формирование и репрезентация. СПб., 2017. С. 128-131.

(36) *Славинский Н. Р.* Русский национализм и особенности его формирования // Нации и этничность в гуманитарных

науках. С. 135-136.

(37) Maiorova, *From the Shadow of Empire*, p. 5.

(38) 複数的なものをその多様性や独立性を保ったまま統合するユーラシア主義の理論的な基盤となっていた歴史家・宗教思想家レフ・カルサーヴィンの人格理論については、貝澤哉「複数性の帝国　二〇世紀初期のロシア思想における「複数性」の理論」貝澤哉『引き裂かれた祝祭　バフチン・ナボコフ・ロシア文化』論創社、二〇〇八年、一九三〜二二三頁を参照。現代にいたるユーラシア主義の政治的影響については、チャールズ・クローヴァー（越智道雄訳）『ユーラシアニズム　ロシア新ナショナリズムの台頭』ＮＨＫ出版、二〇一六年を参照。

(39) バラシによれば、二〇一四年九月、ドネツク人民共和国の指導者のひとりパーヴェル・グバレフは、ロシア・ナショナリズムは民族的要素を持っておらず、ロシアの正教的ナショナリズムにおいてロシア民族はメシアと見なされていると発言している。また二〇一四年十二月にプーチンは、ロシア国民の多民族性に結びつけてクリミアに言及。さらに二〇一五年三月にはクリミア併合の正当性について、「ロシア人とウクライナ人は同じ民族である」と説明した。*Бараш Р. Э.* Политические языковые игры в русское // Нации и этничность в гуманитарных науках. С. 157-158.

ロシア

第二章　荒野に自由の種を蒔く――「ソヴィエト的人民」と作家たち

前田和泉

はじめに

ロシアは伝統的に自由のない専制国家であった。帝政時代は言わずもがな、社会主義共和国連邦に政治体制が転じてからも、そしてソ連が崩壊した後も、ロシア社会の根本的な性質は変わることがなかった。一九九一年に社会主義体制が終焉したとき、今度こそロシアは新しい時代を迎えると考えた者は少なくなかったろう。一時の混乱が治まれば、より自由で開かれた社会が到来するのではないか、と。しかし自立した市民層は相変わらず脆弱なままで、専制体質は温存された。

それを内外にはっきりと露呈させることになったのは、二〇二二年二月二十四日のロシアによるウクライナへの軍事侵攻である。ソ連崩壊後は政治的に対立することの方が多かったとはいえ、ウクライナは東スラヴ文化揺籃の地であり、政治的立場とは別のレベルではロシアと深いつながりを持ち続け、人的交流も活発だった。ロシアにとって最も身近な隣国であったウクライナの人々に対する武力攻撃は、ロシアの一般市民にも大きな衝撃を与え、国内では開戦直後に各地で反戦運動が起きた。しかしロシア政府当局は弾圧と報道統制によってこうした動きを抑え込みにかかる。身の危険を感じた者たちは次々と国を離れ、一方で、当局によるプロパガンダを無批判に信じる者たちも少なくなかった。「ニェット・ヴァイニェー（戦争にノーを）！」というスローガンは次第に勢いを失い、本稿執筆時点（二〇二三年五月）の今もなお戦争は続いている。

自由を極度に制限された社会体制には、常に「反体制」が伴うものである。従って、冒頭に述べたように「伝統的に自由のない専制国家」であるロシアにおいては、「反体制」もまたその伝統の一部を成してきた。ただしそれはあくまでも「体制」に対する「アンチ」であり、それが社会のマジョリティを形成することはない。それが多数派となって「体制」を覆したのが一九一七年の革命だが、「反体制」が「体制」となっても、個を抑制し、全一性を志向する根源的な社会の性質自体は覆されずに引き継がれた。その結果、新たに「体制」となった側に対して、新たな「反体制」が生まれ、かくして「体制」対「反体制」という構図は時代を越えて生き続け、ロシア社会を形作ってきたのである。

もっとも、社会のすべてが「体制」と「反体制」にきれいに二分割されるわけではない。白と黒の間にはグラデーションがあり、むしろそのグラデーションの部分が多勢を占めると考えてよかろう。「鉄のカーテン」に閉ざされていたソ連時代も、報道統制が一気に強まったウクライナ侵攻後も、明確に「白」か「黒」であるものはわかりやすく、目立ちやすく、そして外部に伝わりやすい。一方で、「白」とも「黒」とも言い難いグラデーションの部分は捨象されがちである。だが、実質的には社会のマジョリティを占めてきた「グレー」な人々を視野に入れることなく、ロシア社会の専制体制を理解することはできない。

本稿は、十九世紀以降のロシア文学の中のいくつかの作品や作家たちを題材に、ロシア・ソ連という専制国家における「体制」と「反体制」の問題、そして、その中間に位置する一般市民のあり方について考察するものである。(1)

一．ウリツカヤ『緑の天幕』における「反体制」と「ソヴィエト的人民」

まずは現代文学から始めたい。リュドミラ・ウリツカヤ（一九四三～）が現代ロシアを代表する作家の一人であるということに異論はなかろう。百年後に書かれるロシア文学史の教科書には、ソ連崩壊後を扱った章において、ソローキン、ペレーヴィンと並んでまず間違いなくこの人の名前が言及されるはずだ（無論、百年後のロシアで今以上に厳しい思想・言論統制が行われ、「公的」なお仕着せの文学史しか出版することができなくなっていれば別であるが。ただその場合も、国外で、より自由な立場から記述したものであれば、やはりウリツカヤの存在を無視することはないだろう）。

ウリツカヤは作家としては遅咲きで、やや異色のプロフィールを持つ。もともとは生物学を専攻し、遺伝学研究所に勤めていたが、非合法出版物を読んでいたことが理由で一九七〇年に解雇され、その後はラジオ番組や児童劇などにたずさわっていたものの、文壇においてはほぼ無名の存在だった。だがソ連崩壊直後の一九九二年に四十九歳で発表した中編小説『ソーネチカ』が各国で文学賞を受賞し、国外での高い評価が逆輸入される形で国内でも一気にその名を知られることとなった。

地味で読書好きな女性がさまざまな逆境に遭いながら生き抜いていく姿を淡々と描き、深く静かな余韻を残す『ソーネチカ』に代表されるように、デビュー当初のウリツカヤは、名もなき小さな人間にスポットライトを当て、心のひだを丁寧にすくいとる作風を特徴としていた。その後、二〇〇〇年代頃からはスケールの大きな骨太の物語が目立つようになる。たとえば『クコツキイの症例』（二〇〇一）は、三世代にわたる家族の歴史を描いた大河小説で、この作品によってウリツカヤは女性作家初のロシア・ブッカー賞を受賞した。また、『通訳ダニエル・シュタイン』（二〇〇六）は実在のユダヤ人カトリック司祭をモデルに、第二次大戦前から一九九〇年代までの長い時代を、ソ連や欧州各地、イスラエルを舞台に描ききった大作で、こちらはロシア国内最大の文学賞である「ボリシャヤ・クニーガ（大きな本）」賞を授与されている。作家の価値は賞によって決まるものではないとはいえ、二〇〇〇年代以降のウリツカヤは作家として明らかにスケールアップし、新たな局面に入ったと言えるだろう。

二〇一〇年に発表された『緑の天幕』も、そうした「骨太の物語」の一つである。スターリンの死（一九五三年）に始まり、詩人ブロツキーの死（一九九六年）に終わるこの壮大な長編小説は、ウリツカヤ自身が生きてきたソ連という時代そのものに正面から向き合い、その意味を問い直そうとした作品だ。

百数十人に及ぶ登場人物が繰り広げる群像劇の中心にいるのは、「反体制」と呼ばれる人々である。そしてその反体制派の多くは文学作品の「サミズダート（非合法出版）」[(2)]に関わっている。この作品には当局により発禁処分とされた作品を非合法的に印刷したり流通させたりする人々のリアルな生態が様々に描かれているが、前述のようにウリツカヤ本人がサミズダートとは浅からぬ縁があり、そうした自身の体験が色濃く投影されていると言えよう。

興味深いことに、ロシアにおいて「反体制」は「文学」と結びつくことが当然のように考えられてきた。ソ連時代の反体制派にとって最大のアイコンの一つはソルジェニーツィンであったし、パステルナークの『ドクトル・ジヴァゴ』をめぐる騒動[(3)]は、この国において文学がどれほど大きな政治的意味を持つのかを象徴的に示した事件であった。帝政ロシア時代を振り返っても、自由主義を謳ったプーシキンの詩はデカブリストたちに大きな影響を与え、そのため南方への流刑から恩赦された後も、プーシキンは皇帝官房第三部による厳しい監視下に置かれた。よく指摘されるように、伝統的に国家による厳しい言論統制が行われてきたロシアでは、人々が少しでも自由に自らを表現できる場として文学が重要視されてきた。それとても検閲によって管理されてはいたのだが、文学の言葉は時に巧妙な表現で検閲の目をすり抜け、時に非合法的な手段で流通し、あるいは権力とのぎりぎりのせめぎ合いの中で自身の声を発する術を模索し続けたのだった。

『緑の天幕』では、こうした文学の言葉に魅せられた者たちが数多く登場する。彼らは夢中になって、禁じられた詩や小説を読み、書き写し、それについて語り合った。

詩は空気のない空間を満たし、それ自体が空気となった。ある詩人が言ったように、それは「盗まれた空気」だったのかもしれない。[(4)]

ここで言及されている「盗まれた空気」とは、詩人マンデリシュターム（詳しくは後述）の『第四の散文』（一九三〇年もしくは三一年執筆）にある次の一節を踏まえた表現である。「世界の文学のすべての作品を、私は〈許可されたもの〉と〈許可されずに書くもの〉の二つに分類する。前者は暗黒であり、後者は盗まれた空気である。あらかじめ許可されたものを書くような作家たちの顔に私は唾を吐きかけたい」。[(5)] マンデリシュタームの言う「盗まれた空気」とは、要するに検閲によって発禁処分にされた文学作品のことである。文学は本来、空気のようにどこにでもあり、誰しもが自由に吸い込むことのできるはずのものだが、検閲国家ではそれが許されず、政府にとって都合の悪いものは排除されてしまう。あるべき「空気」を奪われた社会で、人々は自由に呼吸をすることもできずにいる。その「盗まれた空気」をサミズダートは取り戻し、再び社会へと吹き込んでいくのである。

ただし、時に身の危険を冒してまでこのサミズダートという行為に携わる反体制派たちは、『緑の天幕』の中では決して理想に燃えた無垢な英雄として描かれているわけではない。彼らは弱さや醜悪さも持ち合わせた「普通の人々」であり、卑劣な振る舞いを見せることすらある。たとえば中心的な登場人物の一人であるイリヤは、定職に就かずにサミズダートによって生計を立てている。文学を愛し、当時禁じられていた作家たちにもマニアックなまでに詳しいが、彼は「ある意味でプロとしてこの仕事に携わって」[(6)] いた。むしろ反体制派を理想化し、サミズダートに対してロマンティックな幻影を抱いてきた西側の人間にとって、次のような一節は意外に思われるかもしれない。

サミズダートに携わる者の全員が熱い思想に燃えていたわけではない。まさに「市場」ともいうべきものが形成され、そこでは実に様々な人々が活動していた。中には全く商業的な理由で関わっていた者もいる。単に紙とフィルムの値段によって価値が決められるような出版物もあったし、販売用に制作された「商品」としての本もあった。流通ネットワークのようなものもできていた。イリヤは、この「市場」に参加する一人だった。(7)

最終的にイリヤは（やむを得ない事情があったとはいえ）秘密警察と取り引きを行い、家族を捨てて一人で出国する。優れた知性を持ちながら、それを活かす術を持たずに反体制派のコミュニティでくすぶる彼は、さながら現代の「余計者」(8)とでも言えようか。だがペチョーリンやバザーロフのようなロマン主義的オーラをまとった十九世紀文学の登場人物たちとは異なり、ひょろ長く不格好で貧相なイリヤは、極めてリアルな、等身大の「反体制派」である。

一方、そうした反体制派の人々を弾圧する「体制側」の者たちも、決して強大な権力を恣にする残虐な怪物ではなく、いたって「普通の人々」として描かれている。そのうちの一人であるアファナーシイ将軍は、国のために真面目に働き、その結果として軍で出世を重ねてきた人物だ。彼はエリートとして当たり前のように特権を享受しているが、どちらかといえば地味で目立たず、家庭では気の強い妻の尻に敷かれている。このまま平穏な暮らしが続いていくと思われた矢先、娘のオーリャが反体制活動家に関わったことがきっかけで大学を退学処分となり、この事件が原因でアファナーシイも軍を辞職する。彼なりに娘を大事に思う気持ちはあったものの、気弱な彼は家族との軋轢を避けて趣味の世界に没頭してゆく。アファナーシイは、強大なソヴィエト権力の中枢にいたとは思えないほど地味で平凡な人間だ。だが、軍のエリートも我々と同じ「普通の人」であることを、このアファナーシイの人物像は示している。真面目で愚直に見える彼に実は秘められた恋の物語があったという挿話も含め、ウリツカヤは体制の側に立つ人間も、反体制の人々と同じく多面的で、単純な善悪では割り切れない存在であることを丁寧に描き出す。この作品が、全体主義権力の絶対者たるスターリンの死から始まっているのは、その意味で象徴的である。ソ連という体制は、決して特定の独裁者によって動かされているのではないのだ。ではいったいなぜ、そうした「普通の人々」が掌るソ連体制は七十年近くにわたって維持され、「空気のない空間」とまで呼ばれるほどグロテスクな社会が作り上げられることになったのか。「地下の子供たち」と題された章に描かれたエピソードは、この問いを考える上で一つのヒントとなるだろう。それは、スターリン葬儀の日に起きたモスクワ圧死事件である。一九五三年三月九日、独裁者の死を悼み、その葬儀を一目見ようとモスクワ市内の中心部に押し寄せた大勢の市民が群衆雪崩を起こし、多数の死傷者が出た。当時は情報統制によりニュースに取り上げられることもなく、死者数（数百から数千まで諸説ある）も正確なところは未だに不明とされる。犠牲となった人々は、何か強い意図を持ってこのような事故を起こしたわけでも、あるいは重大な過失があったわけでもなく、ただスターリンの葬儀に行こうとしただけである。しかしそうした漠とした行動の集積が不随意的にコントロール不能なパワーを生み、悲惨な結果につながったのだった。

ソ連社会を築いたのは、まさにこうした「漠とした」人々であった。ウリツカヤは本作刊行時のインタビューで次のように述べている。「ソ連当局は人間の持つあらゆる人間性を破滅させる強大なシステムを作り上げました。それは人間を「人間」でなくさせる大いなる機械です。もしソ連当局のあらゆるスローガンの中で何か成功したものがあるとしたら、それはまさしく新たな共同体と〈ソヴィエト的人民〉なるものの創造でしょう。〈ソヴィエト的人民〉とはつまり、従順かつ臆病で尊厳に欠けた、怠惰で好奇心のない人間のことです」。[9] ソヴィエト体制という「あらゆる人間性を破滅させる強大なシステム」は、誰か一人の絶対的な独裁者によって作られるものではない。それは「従順かつ臆病で尊厳に欠けた、怠惰で好奇心のない人間」たちの「漠とした行動」の集積によって支えられ、稼働されていくうちに、いつしか誰にも止めることのできない「大いなる機械」へと肥大化して人々を蹂躙するのである。まるで、スターリン葬儀の際の群衆雪崩のように。

さて、ここで一つの疑問が湧いてくる。この「大いなる機械」を醸成することになる「普通の人々」——ウリツカヤの言葉を借りるなら、「ソヴィエト的人民」——は、そもそもいつ誕生したのだろうか。

二.『流刑の詩人マンデリシュターム』に見る「ソヴィエト的人民」

ここで私たちは、『緑の天幕』でもたびたび言及されていた詩人オーシプ・マンデリシュターム(一八九一～一九三八)に目を向けてみよう。二十世紀初頭の「銀の時代」に属する詩人であるマンデリシュタームは、三十年代にスターリンを揶揄する詩を書いたことがきっかけで一九三四年と三八年の二度にわたって逮捕され、三八年十二月に流刑へ向かう中継地にて死亡した。スターリン体制の殉教者とも言うべきこの詩人に関しては、妻ナジェージダが詳細な回想録を書き残しており、二〇～三〇年代の詩人の姿や周囲の人々の様子を窺い知ることができる。[10]

優れた知性と洞察力で知られ、詩人アンナ・アフマートワの親友でもあったナジェージダは、夫とともに当局から厳しい圧力を受けながら、鋭く冷静な眼差しで当時の人々について記録し、考察している。

これを見ると、「ソヴィエト的人民」がソ連期のごく早い段階から存在していたことがわかる。彼女によると、「ロシアでは、すべてのことはいつも上で起きる。民衆は、従順に抵抗するか、いやいや服従するかして、沈黙している。民衆は残酷さを非難はするが、いずれにしろ、能動性はいっさい認めない。こういう性格がどうして恐ろしい暴動や革命と結びつくのか、私にはわからない」。[11] ナジェージダの回想には、ソヴィエト体制に不満を抱きつつ、「上」に対して何らかの行動を起こすことなく「沈黙」したままでいる「従順かつ臆病」な人々が数多く登場する。無論、全体主義体制はそうした者たちを力で押さえつけているのだが、彼女はむしろそれは人々の「無力感」によるものだという。「いや、あれは恐怖ではない。［中略］それは、力と意志を麻痺させる自己の無力感である。殺された者のみならず、殺す者もすべてそれに支配されていたのである。我々のだれもが何らかの形でその建設に参加した体制に押しひしがれ、我々は、消極的抵抗さえできなかったのである。我々の恭順さは、この体制に積極的に奉仕していた人々の馬銜をはずし、悪循環をつくり出した。そこからどうしたら抜け出ることができるか」。[12] ここにはまさしく、ウリツカヤが言うところの「あらゆる人間性を破滅させる強大なシステム」のメカニズムが見てとれる。暴力的な支配は民衆を沈黙させ、沈黙する民衆たちは自己の無力感の中で体制に恭順し、それが「強大なシステム」をさらに助長する。そしてその「悪循環」がとめどなく社会を飲み込んでゆくのである。

こうした出口のないシステムに置かれたとき、人はただ自己防衛に走るしかない。「すべての人は自己の維持のために働き、闘い、救済を願い、ただ日々の用事のみを考えようとした。こういう時代には、日々の用事は、麻薬にひとしい。［中略］それに没頭すれば、歳月は矢のごとく過ぎ、記憶に残るう」。[13]

のは曇り日の波模様だけだろう。私の世代で明晰な頭と記憶を保ったのは、ほんの一握りの人々であろう」。[13]

　ソヴィエト社会の不条理と、その中で保身に明け暮れて思考停止に陥る人々の様子は、『流刑の詩人マンデリシュターム』に記された次のエピソードに凝縮されている。それによると、ある女性の息子が「留守だった同姓の隣人」と間違われて逮捕されたという。彼女はこれが人違いによる誤認逮捕であることを当局に認めさせようと奔走し、苦労の末にそれを成し遂げた。だが釈放命令が出されたとき、すでに息子は獄中で亡くなっていた。検事局で息子の死を知らされた女性は悲嘆に暮れて泣き叫ぶが、周囲で行列を成していた人々はこの女性の境遇に同情するどころか、むしろ秩序を乱す迷惑者として排除しようとする。「わめきちらす検事と号泣する婦人の周りに、行列の人々が集まった。［中略］『泣いたってしょうがないじゃないか。今さら生き返ってくる訳じゃあないんだから。私たちがよけい待たされるばかりじゃないか』やはり自分の息子のことを問合せに来ていた辛抱強い女がそうしめくくった。人騒がせの婦人は外に連れ出された。そしてふたたび秩序がもどった」。[14]理不尽な形で息子を失った女性が「人騒がせ」とみなされる状況は、不条理を通り越してグロテスクですらある。他者への共感を失い、この「人騒がせの女性」を外へと追いやる人々は、まさに「ソヴィエト的人民」の極致と言えるだろう。

　無論、マンデリシュターム夫妻の周囲にはそのような者たちばかりではなく、良心的な民衆もいた。[15]だが彼らの存在は「大いなる機械」に対してあまりにも微弱で、その「悪循環」を止めるには至らない。「そこからどうしたら抜け出ることができるか」わからぬまま、かくして恐るべき「秩序」は維持され続けるのである。

三．プーシキンと「ソヴィエト的人民」

ところで、ロシアの歴史を顧みると、そもそも「ソヴィエト的人民」はソ連時代だけのものではなかったことに気づくだろう。十九世紀初めの帝政ロシアに颯爽と登場してロシア語とロシア文学史を一変させ、以後、「ロシア文学の父」と称されるようになったアレクサンドル・プーシキン（一七九九〜一八三七）の名高い詩《私は荒野に自由の種を蒔いた》（一八二三）[16]を見てみよう。

私は荒野に自由の種を蒔いた
夜が明ける前に外へ出て
罪なき清らかな手で
奴隷となりし畝に
生を与える種を散らした――
だが私はただ時と
善き思いと労苦を空しく費やしただけだった……

おとなしき民たちよ、放牧されているがよい！
名誉の呼びかけもお前たちを目覚めさせはしない

自由の恵みは群れたちに何の意味があろう？
彼らは切られるか刈られるべき者たち
世代を超えて受け継がれる彼らの遺産は
鈴のついた頸木と鞭なのだ

遅れた専制国家に反発して自由主義を謳い、改革派の読者たちから熱烈な支持を集めていたプーシキンは、当局から危険視され、一八二〇年に南方へ追放処分となった。《私は荒野に自由の種を蒔いた》はこの南方時代に書かれたものである。だがここで述べられているのは専制体制への批判ではない。その批判の矛先が向けられるのは、自由の意味や価値を理解せずに安穏な奴隷生活を続けている民衆である。詩人は権力に対しておとなしく従うだけの「民たち」に対して強く失望し、彼らを決められた枠の中で放牧される家畜になぞらえ、そのような者たちに自由は無意味であると痛罵する。

振り返ってみるならば、ロシア帝国に公的な検閲機関が登場するのは、エカチェリーナ二世の最晩年たる一七九六年のことであった。[17] 以来、この国の人々は権力によって言論を管理される社会に暮らし続け、おとなしい奴隷と化してゆく。それはまさに「従順かつ臆病で尊厳に欠けた、怠惰で好奇心のない人間」、すなわち「ソヴィエト的人民」と呼べるのではなかろうか。

ウリツカヤやナジェージダ・マンデリシュタームの慨嘆は、決してソ連時代に始まったことではなかった。それは言論の自由を制限された専制国家で幾世紀にもわたって醸成されたものである。こうした「ソヴィエト的人民」は「名誉の呼びかけ」に呼応して目覚めることはなく、牧場の羊たちのように「切られるか刈られる」しかない、とプーシキンは吐き捨てるように断じている。
その後のロシア・ソ連の言論統制の歴史を見るならば、彼の暗い予言は的中したと言えよう。人々の身に染みついた奴隷的心性は、一八六一年の農奴解放令によっても、そして一九一七年のロシア革命後も変わることはなかったのである。

四、「ソヴィエト的人民」が目覚めるとき

「ソヴィエト的人民」の根の深さを考えると、ソ連崩壊後の新生ロシアにおいて自立した市民社会を創出するのがどれほど困難であるかが理解できるだろう。だがここで私たちは再びソ連時代に目を向けたい。取り上げるのは、詩人アンナ・アフマートワの連作詩《レクイエム》（本編執筆は一九三五〜四〇年）である。

マンデリシュタームの盟友であり、彼と同時代を生きたアフマートワは、粛清こそされなかったものの、スターリン体制が確立する一九二〇年代後半以降は苦難の生涯を送った。一九二四年にはいくつかの詩集が発禁処分となり、二六年から三九年までの間は自作を発表することができず、その間は翻訳で糊口をしのいだ。最初の夫である詩人ニコライ・グミリョフとの間に生まれた息子レフ・グミリョフは一九三三年に逮捕され、九日間拘束された。一九三五年にはまたレフが、今度は夫ニコライ・プーニン(18)と一緒に逮捕され、一か月後に釈放される。レフは三八年にまたしても逮捕され、当初は強制労働十年の刑を受けた（後に五年に減刑）。

レフとプーニンの逮捕は、アフマートワの「身代わり」だったとされる。ポスト・シンボリズム期に一世を風靡し、その後も高い人気を誇っていたアフマートワに直接手をかけるのではなく、その家族を「人質」に取ることで、彼女が反体制的な言動をしないように無言の圧力をかけたのである。

連作詩《レクイエム》は、レフとプーニンの一九三五年の逮捕をきっかけに生まれた。スターリン粛清を正面から扱った問題作で、当然のことながら、ソ連時代は長らく禁断の書とされてきた。ここで注目したいのは、連作詩の本編に付け加える形で一九五七年に記された「序にかえて」である。

恐ろしいエジョフ時代に、私は十七か月間をレニングラードの拘置所の列で過ごした。ある時、誰かが私の姿を認めた。すると、私の後ろに立っていた青い唇をした女性が、もちろん生まれてこの方私の名前など聞いたこともなかったのだけれど、私たち皆の身にしみついた忘我からふと目覚め、私の耳元でこう尋ねた（そこでは誰もがささやき声で話すのだった）。

「このことをあなたは書けますか？」

私は言った。「書けます」

すると、何か微笑みに似たものが、かつて彼女の顔であったその上をさっとよぎった。(19)

まずは「恐ろしいエジョフ時代」について説明しておこう。ニコライ・エジョフ（一八九五～一九四〇）は内務人民委員を務めていた一九三六年から三八年にかけて、スターリンの右腕として大粛清を実行した人物である。粛清が最も苛烈だったこの時期は ezhovshchina（エジョフ時代）と呼ばれている。最終的にはスターリンの信頼を失って自らが粛清の犠牲になるという皮肉な顛末も含め、エジョフの名はスターリン体制のグロテスクさと深く結びついている。

さてここで、「拘置所の列で過ごす」ことの意味について確認しておきたい。当時ソ連では司法の情報公開がなく、逮捕された被疑者がその後どのような判決を受け、どこに収容されているのかを公的に知る手段が全くなかった。そのため身内はわずかな手がかりを求めて、拘置所に差し入れに出向いた。なぜなら、もし差し入れが受け付けられれば、逮捕された家族はまだどこかで生きているということを意味するからである。実際には、仮に囚人が獄中ですでに死んでいたとしても、何らかの理由でその囚人への差し入れが受け付けられることもあった。だが、他に安否を知るすべはなく、そのため身内を逮捕された者たちは、拘置所へ出向き、差し入れのための長い行列に並ぶのだった。アフマートワもまた、粛清の犠牲となった無数の者たちの家族と同じく、そのような列に立ち続けたのである（「十七か月間」と期間が示されているが、これはレフが三度目に逮捕された一九三八年三月から、中継ラーゲリに収容中のレフとアフマートワの面会が許された一九三九年八月までを指している）。

「序にかえて」の記述によると、あるとき、同じ列にいた誰かがアフマートワのことに気づいたという。著名な詩人が自分たちと同じく「拘置所の列」に並んでいることを知った別の女性（彼女自身はアフマートワを知らなかったとされているので、おそらく非インテリ層の人間であろう）は、このような粛清の悲惨な現状をあなたは書けるのか、とアフマートワに問いかけ、これに対して詩人ははっきりと「書けます」と答える（実際、この時点ですでに《レクイエム》のうち少なくとも一篇は執筆されていた）。

印象的なのは、この「青い唇をした女性」がアフマートワとやり取りをしている間の様子の変化である（下線部）。おそらくそれまでの彼女は無力感によって心が麻痺した状態にあった。だが自分のすぐそばに詩人がいると知った彼女は、それまでの「忘我」からふと目覚める。そして、グロテスクなこの現実を詩人が書き留めてくれるであろうことを知ると、その顔には笑みのようなものさえ浮かぶのである。正確に言うなら、忘我状態にあった彼女の顔は、「顔」とすら呼べないほど人間らしい表情を失っていた。そして、そのような「かつて彼女の顔であったもの」の上をよぎるのは、はっきりとした「微笑み」ではなく「何か微笑みに似たもの」にすぎない。しかしいずれにせよ、詩人の存在と、その「書く」という行為が、この女性の硬直した心を目覚めさせ、わずかなりとも表情を蘇らせるのである。

アフマートワが、この挿話を《レクイエム》の冒頭に置いた意図は明らかだろう。「書く」という行為はそれだけの力を持っているのだということを、この女性の表情の変化ははっきりと示している。そしてこのときの自身の言葉を裏切ることなく、アフマートワは《レクイエム》を書ききったのだった。

ここで想起されるのは、『流刑の詩人マンデリシュターム』に記されたあるエピソードだ。マンデリシュタームが最初に逮捕されてから二年後の一九三六年、アフマートワはその流刑先ヴォロネジを訪れ、彼と面会する。このときマンデリシュタームはアフマートワに対し、「詩は権力だ」と述べたという。権力者たちが詩を理由にして詩人たちを逮捕し、その命を奪おうとしているということは、彼らが詩の力を十分に重んじているからに他ならない。つまり彼らは詩の力を恐れている、「つまり、詩は権力なのだ」[20]……。

マンデリシュタームのこの発言は、あまりに文学の力を過大評価しすぎているように思われるかもしれない。だが、このときのマンデリシュタームが、まさに自身の詩の言葉によって命を奪われようとしていたということを思い起こすなら、この言葉は無邪気な絵空事だと簡単に切り捨てることのできないだけの重みを持っている。アフマートワが《レクイエム》で記したエピソードからもわかるように、何世紀にもわたって民衆が自己を麻痺させ続けてきたロシアにおいて、一人の人間を、その「身にしみついた忘我」からふと目覚めさせることができたのはまさに言葉の力だった。だからこそ、作家たちは時に絶望しながらも、ペンを執ることをやめなかったのだ。

前節で言及したプーシキンをもう一度思い返すと、《私は荒野に自由の種を蒔いた》ではあれほど「おとなしき民たち」に失望し、呪詛の言葉を吐いていた彼も、だからといって言葉を発すること自体を放棄したわけではなかった。《私は荒野に自由の種を蒔いた》から八年後の一八三一年には、詩人は次のような作品を残している。

こだま

辺鄙な森で獣が吠えようと、
角笛が吹かれても、雷鳴が轟こうとも、
丘の向こうで乙女が歌えども――
あらゆる音へ
おまえは不意に応えてみせる
このがらんどうの大気の中で。

雷鳴の轟きに
嵐や大波の声に
村の牧夫の呼び声に耳を傾けて——
おまえは返答を送って寄こす。
だがおまえに応える者はない……詩人よ、あなたは
それと同じなのだ！[21]

一八三一年のプーシキンは、八年前よりもさらに厳しい状況に置かれていた。一八二五年のデカブリスト蜂起を経験したニコライ一世は、自由主義運動を警戒して反動主義を強化した。プーシキンと権力側との葛藤は複雑化し、文壇においても彼は激しい個人攻撃にさらされていた。孤立無援の様相を呈する中、詩人は自らを「こだま」になぞらえる。「こだま」は世界の様々な音に反応して「返答」するが、その「こだま」に対して応えてくれる者はいない。だが「詩人よ、あなたは／それと同じなのだ！」という最後の一文からは、その孤独を引き受けて、なおも「あらゆる音」へ「応え」ようとする詩人の覚悟がにじみ出ている。実際、その後のプーシキンは物語詩『青銅の騎士』や小説『スペードの女王』『大尉の娘』などの重要作品を次々と生み出していった。[22]

よく知られているように、ソ連時代の検閲下では、多くの作家たちが「机の中へ書く」ことを余儀なくされた。「机の中へ書く」とは、現時点では作品を発表することができなくとも、いつか読者の目に

触れることを信じて作品を書き、その原稿を机の引き出しの中に隠しておくことを意味する。プーシキンは「机の中へ」こそ書かなかったものの、「応える者」のない「がらんどうの大気」の中で声を発し続けた。「ソヴィエト的人民」が幾世紀にもわたるロシア社会の伝統的な宿痾であるとするなら、それでもなお言葉を紡ぎ続ける作家たちもまた、ロシアの伝統において深く根を張っている。そして彼らの言葉は――ほんの時たまであるかもしれないが――人々の硬直した顔に「何か微笑みに似たもの」をもたらしてきたのである。

おわりに

最後に私たちはもう一度、本稿の出発点であるウリツカヤに立ち返りたい。二〇二二年二月のウクライナ侵攻に際して、彼女は「痛み、恐怖、恥辱」と題された声明をいち早く発表し、軍事行動を非難している。[23] 今回だけではなく、これまでもウリツカヤはプーチン政権の政策に対し、事あるごとに声を上げ、異議を唱えてきた。そのため二〇一〇年代頃より次第に政権側から睨まれ、「国家の裏切り者」として批判キャンペーンが繰り広げられるようになった。そうした状況下にあっても臆することなく自身の意見を述べてきたウリツカヤだが、ウクライナ侵攻後の言論統制が厳しさを増す中、身の危険を危惧する周囲の説得もあり、二〇二二年三月にドイツへ亡命することとなった。

マンデリシュタームの発言を言い換えて表現するなら、プーチン政権がウリツカヤに圧力をかけるのは、彼らがウリツカヤの言葉の力を恐れているからに他ならない。それはつまり、ロシアにおいてはそれだけの力がまだ文学の言葉にはあるということを逆説的に証明している。

今、ロシアではソ連時代さながらの言論弾圧が行われ、一方で、プロパガンダを無批判に信じ、あるいは無力感の中で沈黙する「ソヴィエト的人民」も少なくない。言ってみれば彼らは心が麻痺した「忘我」の状態にある。だが、文学の言葉はこうした人々を「ふと目覚め」させることのできる力を持っている。拘置所の行列に並ぶアフマートワが、「青い唇をした女性」に対して発した言葉がそうであったように。

数百年にわたって続いてきた権力と「ソヴィエト的人民」、そして文学のせめぎ合いは今後もロシアでは続いていくだろう。「おとなしき民たち」を目覚めさせるのは容易いことではない。仮に人々が「目覚めた」としても、その結果がハッピーエンドになるとも限らない。だが、荒野に自由の種を蒔く者たちがいる限り、その言葉と向き合い続けることは、ロシア文学研究者たる筆者にとって最低限の責務であろう。

注

(1) 本稿は『スラヴ学論集』第二十六号(日本スラヴ学研究会、二〇二三年)三三～四四頁に掲載された拙論「反体制と「文学」——ウリツカヤ『緑の天幕』を手がかりに——」を加筆修正したものである。

(2) よりロシア語の発音に近い「サムィズダート」と表記されることもあるが、本稿ではこれまで日本で一般的に用いられてきた「サミズダート」という表記を採用している。

(3) ロシア革命とその後の内戦を描いた長編小説『ドクトル・ジヴァゴ』はソ連国内では発表することができなかっ

たが、原稿が密かに国外に持ち出され、一九五七年にイタリアで出版された。それが世界的に大きな話題を呼び、翌一九五八年にはパステルナークにノーベル文学賞を授与することが決まるが、ソ連当局はこれに強く反発し、国内では激烈な反対キャンペーンが繰り広げられた。最終的にはパステルナークは圧力に屈し、ノーベル賞の受賞辞退を余儀なくされる。この一連の出来事は国際的に大きなスキャンダルとなり、ソ連体制の信用を失墜させることとなった。

(4)　リュドミラ・ウリツカヤ（前田和泉訳）『緑の天幕』新潮社、二〇二一年、一六七頁。

(5)　*Мандельштам О. Э.* Собрание сочинений в 4-х томах. Т. 2. М., 1991. С. 182.（日本語訳は前田による。以下、ロシア語からの引用に関して、その日本語訳は全て前田によるものである）

(6)　ウリツカヤ『緑の天幕』五三七頁。

(7)　同右、五三八〜五三九頁。

(8)　反動主義の強まったニコライ一世治下のロシアでは、才能のある若者たちが自由に活動する場が極端に狭められ、そのため、有能であるにも拘わらず、その能力を社会で発揮することのできない者たちは、ペシミズムに走ったり、無為で怠惰な生活を送ったりすることが少なくなかった。そうした若者たちの姿は十九世紀ロシア文学の中で数多く描かれているが（レールモントフ『現代の英雄』のペチョーリン、トゥルゲーネフ『父と子』のバザーロフなど）、それら一連の人物像をロシア文学史においては「余計者」と称している。

(9)　*Светова З.* «Не было победителей у времени» // The New Times. 21. 12. 2010. [https://newtimes.ru/articles/detail/32107]（二〇二三年五月二十二日閲覧）。なお日本語訳は前田和泉「訳者あとがき」『緑の天幕』七一四頁より引用。

(10) ナジェージダによる回想録は全部で三冊発表されている。《Воспоминания》（一九七〇年、ニューヨーク）、《Вторая книга》（一九七二年、パリ）、《Книга третья》（一九七八年、パリ）で、このうち《Воспоминания》は邦訳もある（木村浩、川崎隆司訳『流刑の詩人マンデリシュターム』新潮社、一九八〇年）。

(11) ナジェージダ・マンデリシュターム『流刑の詩人マンデリシュターム』三六五頁。

(12) 同右、三八九頁。

(13) 同右、三一八頁。

(14) 同右、三〇五～三〇六頁。

(15) たとえば『流刑の詩人マンデリシュターム』の七十四章「紡績女工となる――ストルーニノ村にて」で語られるエピソードは印象的である。夫の逮捕後、ナジェージダは流浪生活を続ける中で、村の紡績工場で働くことになる。ある日、人事部に呼び出しを受け、身の危険を感じた彼女に、周囲の労働者たちは逃げることを勧め、そればかりではなく、荷造りを手伝い、手持ちの金を彼女に恵み、駅まで見送ってくれたのだった（同右、三六一～三六五頁）。

(16) *Пушкин А. С.* Полное собрание сочинений в десяти томах. Т. 2. М.-Л.: Изд-во АН СССР, 1950. С. 158.

(17) 中神美砂『エカテリーナII世の出版統制政策：貴族文化人の知的活動の変容』東京外国語大学博士論文、二〇一〇年、一四三頁。[http://repository.tufs.ac.jp/handle/10108/81052] (doi: 10.15026/81052)（二〇二三年五月二十二日閲覧）。

(18) ニコライ・プーニンは美術批評家。アフマートワとプーニンは正式な婚姻関係にあったわけではなく、事実婚だった。

(19) *Ахматова А. А.* Собрание сочинений в шести томах. Т. 3. М.: Эллис Лак, 1998. С. 21.（下線は前田による）

(20) ナジェージダ・マンデリシュターム『流刑の詩人マンデリシュターム』一七八頁。

(21) Пушкин А.С. Полное собрание сочинений: В 16 т. Т. 3, кн. 1. М.-Л.: Изд-во АН СССР, 1948. С. 276.

(22) プーシキン《こだま》についての詳しい分析は、拙論「矛盾する声—プーシキン『こだま』をめぐって」『スラヴ文化研究』（東京外国語大学ロシア東欧課程ロシア語研究室）二十号、九四～一〇三頁（二〇二三年）を参照されたい。

(23) その後、ロシア国内のサイトからはウリツカヤのこの声明は削除されているが、国外のいくつかのサイトではまだ見ることができる。たとえば以下を参照。Людмила Улицкая: “Боль. Страх. Стыд” // Lietuvos nacionalinis radijas ir televizija. 27.2. 2022. [https://www.lrt.lt/ru/novosti/17/1626791/liudmila-ulitskaia-bol-strakh-styd]（二〇二三年五月二十二日閲覧）

第三章　銃殺された文学

――一九二〇年代の若手文学グループ「マラドニャーク」と現代作家サーシャ・フィリペンコをつなぐ歴史

奈倉有里

ベラルーシの文学における弾圧と抵抗の歴史については、ソ連時代からソ連崩壊後、そして現在にいたっても、長年のあいだ研究が困難な状況が続いてきた。ここでは、二〇〇八年に刊行された『銃殺された文学』(Расстраляная літаратура)[(1)]というベラルーシ語の書籍を手がかりとして、一九二〇年代の若手文学グループに対する粛清の記憶を顧みるとともに、それがいまもなお続く弾圧と結びついていることを、サーシャ・フィリペンコの小説を中心に語る。

一　マラドニャークの作家たち

『銃殺された文学』の序には、要約するなら次のことが書かれている――

書名の『銃殺された文学』というのは、むろん誇張法の修辞によるものである。何十何百という個々の作家を弾圧し、銃殺し、墓に埋めることはできるが、文学そのものを殺すことはできない。しかしベラルーシの文学は、帝政時代も、ソ連時代も、西ベラルーシがポーランドの支配下にあった時代も、決して恵まれたとはいえない環境に置かれ続けていた。それは、いっさいの誇張ぬきに「粛清された文学」と呼びうるものである。これまでにも書いてきたように、弾圧と粛清の違いは、弾圧とは政府が反体制的とみなした者や団体に対しおこなうものであるのに対し、粛清とはまったく罪のない人々や団体を脅かすものである点だ。(2)

では、ベラルーシ文学に対する粛清とはどのようなものであったのか。

まずベラルーシ文学のなかで最も大きな粛清の被害として挙げられるのが一九三七年十月二十九日から三十日にかけての夜、少なくとも二十二名の作家や詩人が、ＮＫＶＤ（内務人民委員部）により一度に銃殺された、いわゆる「詩人銃殺の夜」あるいは「暗黒の夜」と呼ばれる事件である。

この「詩人銃殺の夜」すなわち一九三七年十月二十九日は最も大規模な大量殺害が起こった日付だが、むろん被害はこの一夜にとどまるものではなかった。

その話をするために、まずはベラルーシの若手作家グループ「マラドニャーク」（Маладняк）の話からはじめよう。青少年期に革命やポーランドの支配下でのパルチザンとしての戦いを経験した世代の作家が、一九二〇年代になるといくつもの文学グループを結成する。そのなかで、ミハシ・チャロトやア

図1　マラドニャークのメンバー
前列中央がチャロト、その向かって右隣がドゥダル、後列左端がババレーカ。

ダム・ババレーカらが中心となり、「ベラルーシ文学における唯物論、マルクス主義、レーニン主義の理念の実現」を掲げて一九二三年に組織したのが、文学グループ「マラドニャーク」であった［図1］。しかしこの理念を実現するにあたってできあがる作品があまりに教条主義的であったりプロパガンダ的になってしまったりするとして議論が巻き起こり、こんどはアダム・ババレーカが中心となって一九二六年に新しい文学グループ「ウズヴィシャ」（Узвышша）が結成される。このウズヴィシャは、モスクワのアレクサンドル・ヴォロンスキーの雑誌『ペレヴァール』に影響を受け、ベラルーシのフォークロアなどを取り入れた、新しさと古さを両立した文学潮流の樹立、ベラルーシ文化を重視した芸術的水準の

「高み（ウズヴィシャ）」を目標として掲げていた。詳しくは後述するが、ババレーカは幾度かの逮捕ののち一九三七年に亡くなっている。ウズヴィシャのほかにも、ヤンカ・クパーラやヤクプ・コーラスといった伝統的な路線と統合して、文学グループ「ポーリミャ」（Полымя）が結成された。

新しいグループが結成されるとともにマラドニャークは次第に弱体化し、最終的に一九二八年ごろには政府下の組織である「ベラルーシ・プロレタリア作家協会」（БелАПП）に統合されていく。マラドニャークとウズヴィシャのメンバーを全体として比較してみると、元マラドニャークのババレーカをのぞいて、ウズヴィシャの新規中心メンバーは比較的粛清やその後の時代を生き延びた人が多いのに対し、マラドニャークのメンバーのほうに犠牲者がめだつ。以下に数人を紹介しよう。

ミハシ・チャロト（一八九六〜一九三七）Міхась Чарот(3)

マラドニャークの「会員証№1」を所持していた中心メンバー、ミハシ・チャロトは一八九六年十一月七日、ロシア帝国ミンスク県イグメンスキ郡の農家に生まれた。革命の一九一七年に教育学校を卒業後、革命組織に参加しながら教師としても働き、新聞「ソヴィエツカヤ・ベラルーシ」の編集も務める。ちょうどセルゲイ・エセーニンのひとつ年下にあたるこの詩人の特徴は、アダム・ババレーカによると、ベラルーシ詩壇に新たな農民革命の時代の波を作った詩人であり、自由を守り、土地を守れと呼びかけていた。

その名も「呼びかけ」という彼の詩は、次のような内容だ——「呼びかけてくれ　大声で／国じゅうに　聴こえるように　早く／ベラルーシ人を　起こしてくれ／いまは　寝かせておかないでくれ！／／

眠ったままじゃ恥ずかしい　時代がきた／みんな真剣に　やるべきことに取り組んでる／自らの人生をうちたててるのに　君は／寝たままだなんて……　せめて呼びかけに応えてくれ！／／（…）自分の言語を恥じるのは　もうやめるんだ」。[4]

初志を貫いたチャロトはマラドニャークがなくなって以降は活動を控え、一九三〇年代には文壇から遠のいていたが、一九三七年一月二十三日に逮捕、十月二十九日に銃殺。銃殺されたなかで、当時最も有名なプロレタリア詩人のひとりであった。[5]

アダム・ババレーカ（一八九九～一九三七）Адам Бабарэка[6]

アダム・ババレーカは一八九九年十月十五日、ロシア帝国ミンスク県スルツキ郡で土地を持たない農民の子として生まれ、早くに父親を肺炎で亡くしている。一九一八年に神学学校を卒業、ポーランド占領下で捕らえられ投獄生活を送ったのち、一九二二年から二七年までベラルーシ大学の言語学部に学び、小中学校および大学でベラルーシ語と文学を教える。同時期に、新聞「ソヴィエツカヤ・ベラルーシ」でも働いていた。ヤクプ・コーラスは彼を「他人の意見を伝えるのではなく、常に自分の意見を持っていた」作家として評価している。また、同時代人の回想では「正直で優しく、素晴らしい批評家であり、友人であった」とされている。

ババレーカが最初に逮捕されたのは、一九三〇～三一年の「ベラルーシ解放同盟事件」（Дело «Союза освобождения Белоруссии»; Справа «Саюза вызвалення Беларусі»）という、実在しない反革命組織を口実とした弾圧の時期であった。ババレーカは逮捕ののちキーロフに五年の流刑となり、刑期は理由の説明もなくさらに二年の延長がなされる。そして一九三七年にはさらに十年が追加され、最終的に一九三八年十月十日にコミ自治ソヴィエト社会主義共和国で亡くなる。ババレーカについてはニコライ・イリケヴィチの『アダム・ババレーカ――逮捕・収容所・死』に詳しい。(7)

ミハシ・ザレツキー（一九〇一～三七）Міхась Зарэцкі.(8)

ミハシ・ザレツキーは一九〇一年十一月二十日、ロシア帝国モギリョフ（マヒリョウ）県シェネンスキ郡に生まれ、神学校に学んだのちにモギリョフ神学校に進むが、革命によって中退する。マラドニャークでは雑誌の編集も務め、文学グループ「ポーリミャ」にも加わった。

フョードル・グラトコフの『セメント』をロシア語からベラルーシ語に訳すなど翻訳にも従事し、映画や演劇の評論でも活躍した。ベラルーシの文化や社会の諸問題についても積極的に発言し、とりわけベラルーシの歴史にかんして追究したために政府に目をつけられる。一九三六年にはベラルーシ科学アカデミー文学芸術部門の主任研究員にもなるが、その年の秋に逮捕され、一年後の「詩人銃殺の夜」に殺害されている。

アレーシ・ドゥダル（一九〇四～三七）Алесь Дудар(9)

一九〇四年十二月二十四日、ロシア帝国ミンスク県マズィルスキ郡に農家の子として生まれる。マラドニャークのなかでも特に若い詩人だが、やはり初期メンバーの六人のうちのひとりである。第一次大戦期には家族とともにロシアのタンボフ県に疎開していた。演劇と詩が好きで、「ソヴィエツカヤ・ベラルーシ」紙に投稿した詩が掲載されたのをきっかけに詩人として活躍していく。ドゥダルは一九二八年に「僕らの故郷は半分にわけられ……」という詩を書く――この詩は本文に「東側（モスクワ）の専制君主」や「モスクワの奴隷たち」といったかなり強い言葉が用いられており、これを発表したことにより一九二九年に逮捕され、スモレンスクに流刑になる。その後、一九三二年にミンスクに戻り劇場で働き、三四年にはベラルーシ作家同盟に加入するものの、三六年十月三十日に逮捕され、やはり一年後の三七年十月二十九日に銃殺される。

二　粛清の四つの波

この一九二〇年代の末から四〇年代はじめまでの弾圧の流れを時系列順にみていくと、四度の弾圧の波にみまわれていることがわかる。もちろんこれは多くの点でモスクワやレニングラードをはじめソ連のその他の地域と連動した動きである。

まず、第一波が一九二九〜三一年、つまり、ソ連全体で主に若者を主体とした自由な文学グループが台頭した一九二〇年代が終わると同時に、前述の「ベラルーシ解放同盟事件」によって思想的取り締まりが強化される時期にあたる。マラドニャークは一九二八年、ウズヴィシャは一九三一年まで活動している。ババレーカが最初に逮捕されたのもこの時期、一九三〇年であった。

次の第二波は一九三二〜三四年、これは「ベラルーシ解放同盟事件」に続く、いわゆる「民族主義的民主主義批判」の時期で、民族的民主主義（национал-демократизм）のレッテルを貼られた作家や詩人や研究者が弾圧の対象となった。文学グループがソ連の下部組織に統合される動きが本格化し、「インベルクリト（ベラルーシ文化研究所）」（Инбелкульт – Институт белорусской культуры）の中心となり、科学アカデミーのトップも務めていた歴史学者のフセヴォロド・イグナトフスキーが、一九三〇年に解雇、逮捕され、三一年の二月、尋問中に自殺する。

第三波の一九三七～三九年は、最も大量の犠牲者が出たソ連全土における粛清に重なる。「詩人銃殺の夜」「暗黒の夜」は一九三七年の十月で、この時期にあたる。

第四波の一九三九～四一年は、西ベラルーシの併合と「ポーランドのスパイ」弾圧が大規模におこなわれた時期だ。

これらの流れをみてきて重要なのは、まずモスクワやペテルブルグで一九二〇年代に結成された若手作家が中心の文学グループ、たとえばペレヴァール、セラピオン兄弟、クズニッツァ、プロレトクリトといった集団の活動精神が、ベラルーシにも派生していたという点だ。ヴズヴィシャがペレヴァールに影響を受けていたことからもわかるように、ベラルーシの若い文学運動は、モスクワやペテルブルグの活動と繋がっていた。さらに一九二三年にベラルーシで生まれたマラドニャークと時期を同じくして、二六年にはウクライナのハリコフ（ハルキウ）でモロドニャク（Молодняк）というコムソモール文学グループが誕生しているように、モスクワ、ベラルーシ、そしてウクライナとそれぞれの地域で多様な文学集団が連動しながら活動していたことは見逃せない。

これらの文学活動のうちロシアやウクライナで粛清の時期に弾圧された作家の多くは、ソ連全土でながらく禁書とされていたり、教科書などで言及が避けられてきたりしてきたが、モスクワやペテルブルグの場合、雪どけの時期の名誉回復、その後の地下出版、そしてペレストロイカと段階を踏んで公開と研究が進んできたことはよく知られている（ウクライナ文学に関しては次章で述べる）。

ベラルーシ文学においても一九五〇年代と八〇年代に名誉回復がなされたことにはじまる動きはみられたものの、具体的な文学作品の再評価については全体的に資料も研究も不足がちで、なかなか広く周知されないという問題があった。この点については、文学の分野のみならず粛清の犠牲者に対する政府の意図的な軽視、弾圧が現在にいたるまで続いているというベラルーシの背景がある。それを如実に表しているのがクロパティ（クラパーティ）の問題である。

三　クロパティの記憶とサーシャ・フィリペンコ

クロパティは粛清の犠牲者の遺体が多数発見された土地で、犠牲者への追悼の場として知られている。同地での本格的な調査は一九八八年になされ、翌八九年、集会の許可が初めておりた。「クラパーティ、二十五万人の犠牲者」という垂れ幕が掲げられ、こんにちではベラルーシ民主運動のトレードマークともなった白赤白の旗を持った人の姿もみられる［図2］。これに合わせて、当時はまだ一九三〇年代末の実態を知る証言者も多くいたため、「何度も銃声をきいた」「あそこに連れられていったきり帰ってこない人がたくさんいた」といった証言者の声がではじめ、数百の十字架がたてられる。そして一九八八年、九二年、九八年の三回の調査がなされ歴史学研究所が検証をおこない、埋められた人々の一部の身元や特徴が明らかになっていった。ところがこのころから政府により粛清の追悼の碑を撤去する計画が

料金受取人払郵便

松田局承認

788

差出有効期間
2025年
4月15日まで
(切手不要)

郵便はがき

2 5 8 8 7 9

神奈川県開成町延沢580−1−101

成文社行

ご購入ありがとうございました。このはがきをお送りいただいた皆さまには、新刊のご案内などをさせていただきます。ご記入の上、ご投函下さい。

お名前　フリガナ　　年齢

ご住所　〒

TEL

ご職業

所属団体／グループ名

本書をお買い求めの書店　市区郡町　書店

ご購読の新聞・雑誌名

名

本書についてのご感想や小社へのご希望などをお聞かせください。

書をお求めの動機（広告、書評、紹介記事には新聞・雑誌名もお書き添えください）
頭で見て　□広告　□書評・紹介記事　□その他
社の案内で　（　）（　）（　）

書の案内を送ってほしい友人・知人のお名前・ご住所
前　フリガナ

所　〒

●書籍注文書●

）　（定価）　（申込数）　冊

）　（定価）　（申込数）　冊

）　（定価）　（申込数）　冊

書籍は代引きで郵送、お届けします（送料無料）。

図2　初めて許可されたクロパティでの集会
1989年10月29日、ワシーリー・セマシコ撮影。

たてられる。二〇〇〇年ごろから撤去計画を推進する政府と、これに反対する運動とが対立した。

私はミンスク出身の作家サーシャ・フィリペンコの作品を二つ（『理不尽ゲーム』『赤い十字』、いずれも集英社、二〇二一年）翻訳してきたが、どちらの作品でも弾圧の歴史が言及されているので、ここではその点に注目して紹介する。

理不尽ゲーム

『理不尽ゲーム』は、ベラルーシ民主化を主題とした作品である。一九八四年生まれのフィリペンコの自伝的な小説で、主人公やその友人たちは「ソ連最後の子供たち」と呼ばれる、ソ連崩壊前のことを子供時代のこととしてぎりぎり覚えている世代だ。ソ連崩壊後の独立、民主化、そして再び強まる国家権力というベラルーシの現代史を背景として、いつまでも変わらない大統領、プロパガンダの増加、反体制派の弾圧やジャーナリストの暗殺、不正選挙などの問題が渦巻く社会が描かれていく。

作品には近年のベラルーシで実際に起きた大きな事故や事件が随所で言及されている。まず、主人公フランツィスク（愛称ツィスク）は一九九九年ミンスクのネミガ（ニャミガ）駅で起きた群衆事故（若者を中心に五十三名が圧死した）に遭遇し昏睡状態となり、十年後の二〇〇九年に目覚める。だが、「壁にかかった大統領の写真も同じ」ベラルーシは、まるで国全体が昏睡状態に陥ったかのような理不尽な社会になっており、人々は口々にこんなアネクドートを披露しあう——


「大統領がとうとう『私から神への助言』って本を書いたらしいよ」

「それ知ってます！　それから、『この国の大統領にはいかなる国民でもなれる、ただしそれまでに最低五年は大統領になっていなければならない』っていうネタもありますね」

「あと『一九五〇年代に法律で堕胎が禁止されてた理由は……』っていうのは？」

「もちろんわかります〔答えは「ルカシェンコの母が間違っても堕胎しないように」、ソ連時代にスターリンをネタにしたほぼ同じ小話があった〕。あ、そういえば昨日、ルーキチ君〔主人公〕がどうしてあんなに早くいろいろなことを思い出せたのか考えてたときに、いいネタを思いついたんですよ——『ここは昏睡状態から目覚める人にとって最良の国である。いつまでたってもなにも変わらないからだ（…）』」(10)


いつまでたってもなにも変わらない社会で、閉塞感だけが増していく。ツィスクが昏睡状態にあるさなか、警察が「成人男性全国民の指紋」を採取しにくるというシーンがある。これは二〇〇八年に起きた爆破事件の犯人を捕らえる名目で実際になされた捜査であり、事件の直後から国家は、反体制派によるテロ行為であると決めつけ、社会派組織など日頃から国に睨まれている団体を中心に捜索をおこなうが、犯人はいっこうにつかまらない。そして小説の最後に描かれる地下鉄の爆破事件が起こり（二〇一一年地下鉄十月革命駅で起きた事件で、十五名が死亡、二三二名が負傷）、ついに逮捕されたのは、化学が得意で子供のころから手製の爆弾作りに熱中していた爆発物マニアの青年たちだった。はじめから反政府組織を疑う根拠などなにもないのにもかかわらず、事件を口実に全国民を容疑者扱いし独立系組織を弾圧してきた政府は、主犯と見られた二人を死刑にし（ルカシェンコが自ら減刑の要求を却下している）、この連続爆破事件は唐突な終焉を迎えたが、どの局面を見ても民主主義社会における人権・行政・司法上の問題が山積みであることはいうまでもない。

このような社会の状態は子供たちにも影響している。主人公は、外で遊ぶ子供たちがこんな遊びをしているのを目撃する――くじで「警察」をひいた子供たちが集団で「反体制派」をひいた子供を棒で叩くという遊びだ。これは実際に二〇二〇年の選挙後の弾圧のときに同じことがおこなわれているとして問題になっていた（当時は動画になっていたが現在は削除されている）。また、邦題のタイトルになっている「理不尽ゲーム」とは、物語中で登場する若者に流行のゲームで、百物語のように「現実にあった理不尽な話」をするというものだ。

そんなこの小説の冒頭で、主人公が通う歴史の先生は「ハティニ虐殺」について言及し、それにはウクライナ人やロシア人やベラルーシ人も加担していたと説明するが、学校側は「政府の見解ではそれはドイツの仕業だ」として先生を批判する。先生は「私はただ子供たちに史実を教えたい」と抗弁するものの、「先生の仕事は国の定めた教科書を子供たちに覚えさせることだ」と抑え込まれ[11]、この先生は物語中盤では「偏った思想」を理由に解雇されている。

また、主人公たちは会話の中で、二十世紀初頭にベラルーシで「母語で話してただけで銃殺された」人々について言及している[12]。これは前半で触れたマラドニャークなどへの弾圧を意識していると思われる。

赤い十字

『理不尽ゲーム』は主に現代のベラルーシを舞台にしていたが、ベラルーシとロシアにおける歴史の問題についてより深く切り込んだのが『赤い十字』である。

舞台は二〇〇一年のミンスクで、主人公の青年サーシャはミンスクにひっこしてきて、となりに住む九十一歳のタチヤーナおばあさんと仲良くなる。このタチヤーナおばあさんは、ソ連時代に外務人民委員部で働き、戦時中、夫が捕虜になったあとに逮捕、子供と引き離され強制収容所に入れられた経験を持っている。

話の後半で、朝、どこかへ出かけようとするタチヤーナおばあさんに主人公が話しかけ、「よかったら一緒においで」といわれて、クロパティの碑の撤去反対デモに出かけていく。そのときの会話でおばあさんはこんなことを語っている——

「あんた、越してきたばかりだったね」

「ええ」
「じゃあ知らないかもしれないが、政府はクロパティの碑を撤去して、墓地の上に環状線道路を敷くつもりなんだよ（…）あたしたちが粛清の犠牲者を大事にしてるのが気に入らないんだ。ここではスターリンは賞賛すべき存在であって、悪く言っちゃいけない。（…）今日はクロパティにトラックやらブルドーザーやらをよこして、せっかく立て直された十字架を破壊する気らしい」(13)

おばあさんがそう語るが、主人公はにわかには信じられず、「そんな、信じられません。二〇〇一年にもなって、これだけ多くのことが明るみに出てるのに、そんなことをやろうとする人がいるなんて」と返す。ところがこのあと、実際にクロパティに行き、十字架の前でただ黙ってろうそくをともしていた主人公たちのところに警官隊がおしよせ、彼らをことごとく拘束していくのである。

この小説は、タチヤーナおばあさんの回想として、粛清から戦争、戦後までの時代の記憶もかなりの部分を占めている。そのなかでタチヤーナの友人であり、釈放後に一緒に夫や子供の行方を探してくれる、ヤドヴィガという女性が登場する。名前からもわかるように彼女とその家族はポーランド系で、夫はベラルーシで舞台監督をやっていたが、一九三七年に銃殺された。政府がこの一家を弾圧した理由は、ベラルーシに暮らしていながら故郷の言葉で話していたという、ただそれだけだった。彼女は夫の顛末は知っていたけど、息子がどこに埋葬されているかは知らなかった。タチヤーナとヤドヴィガは一緒に捜索を続けた、という記述がある。

現代のクロパティ

最後に、ラジオ・スヴァボーダの報道記録から、現代のクロパティについてみていこう。

一九八八年の最初の発掘調査の際に発見された多くの遺骨の写真が残されている。犠牲の実態が明らかになるにつれ、追悼の記念碑や博物館を建てるべきだという声が強まり、集会が行われるが、これらは実現しない。現地には手作りの十字架が無数に立てられていく。

しかし二〇〇〇年代に入ると、記念館の設立どころか、『赤い十字』でも描かれていたように、十字架に対しても撤去の計画が発表され、反対運動は弾圧されていく。十字架は幾度も部分的に撤去されては再び設置されということが繰り返されてきたが、二〇一九年、数回にわたり大規模な撤去作業が強行される。

撤去の際の現場でラジオ・スヴァボーダによるインタビューを受けた人は、「これがルカシェンコの命令なのか、それともルカシェンコの言葉を深読みした政府高官が独断でやっているのか、自分たちには知る術もないが、早朝からこれだけの警官隊を投入しているからには国家が主導していることだけは間違いないだろう」と語っている。

これは、ベラルーシでこういうことが起きるときに必ずと言っていいほど起こる不気味な現象で、「根拠が明示されないまま作業が進む」「警察も役人も、誰も説明しない」という状態である。フィリペンコの『理不尽ゲーム』でもたびたび同じような現象が語られるが、いったいなんの目的でどこからの命令でこれをやっているのか、どういう法律に基づいて誰の命令で撤去がなされているのか、誰にもわからない理不尽な逮捕や弾圧行為がおこなわれ、責任の追及をしようにもそれができないのである。責任

SEIBUNSHA

出版案内
2023

ネヴァ川の戦い（『『絵入り年代記集成』が描くアレクサンドル・ネフスキーとその時代』貼函より）

成文社

〒 258-0026　神奈川県開成町延沢 580-1-101

Tel. 0465-87-5571　Fax. 0465-87-9448　URL https://www.seibunsha.net/

価格はすべて本体価格です。末尾が◎の書籍は電子媒体（PDF）となります。

歴史

栗生沢猛夫著

『ロシア原初年代記』を読む

キエフ・ルーシとヨーロッパ、あるいは「ロシアとヨーロッパ」についての覚書

A5判上製貼函入
1056頁
16000円
978-4-86520-011-9

キエフ・ルーシの歴史は、スカンディナヴィアからギリシアに至る南北の道を中心として描かれてきた。本書は従来見過ごされがちであった西方ヨーロッパとの関係（東西の道）に重点をおいて見直し、ロシアがヨーロッパの一員として歴史的歩みを始めたことを示していく。

2015

歴史

栗生沢猛夫著

イヴァン雷帝の『絵入り年代記集成』

モスクワ国家の公式的大図解年代記研究序説

A5判上製
396頁
6000円
978-4-86520-030-0

「天地創造」からの「世界史」とそれに続く16世紀までのロシア史を極彩色細密画で描き出す『絵入り年代記集成』。21世紀に初めて出版された『集成』はなぜこれまで日の目を見なかったのか。謎の解明を目指すと同時に、全体構成と内容、歴史史料としての意義について考察する。

2019

歴史

栗生沢猛夫編訳著

『絵入り年代記集成』が描くアレクサンドル・ネフスキーとその時代　全2巻

A5判上製貼函入
480+512頁
12000円
978-4-86520-057-7

ロシアの英雄の実像とは？　モスクワ国家の公式的大図解年代記に残る二九六枚の極彩色の絵と年代記テクストから探っていく。描かれる人々の生活、天変地異、災害、そして戦争。それを描かせた、そして描いた人々の思惑、そこから立ち現れてくる歴史の実像に迫る。

2022

歴史

R・G・スクルィンニコフ著　栗生沢猛夫訳

イヴァン雷帝

四六判上製
400頁
3690円
978-4-915730-07-8

テロルは権力の弱さから発し一度始められた強制と暴力の支配はやがて権力の統制から外れそれ自体の論理で動きだす――イヴァン雷帝とその時代は、今日のロシアを知るうえでも貴重な示唆を与え続ける。朝日、読売、日経、産経など各紙誌絶賛のロングセラー。

1994　◎

歴史

長縄光男著

評伝ゲルツェン

A5判上製
560頁
6800円
978-4-915730-88-7

トム・ストッパード「コースト・オブ・ユートピア」の主人公の本邦初の本格的評伝。十九世紀半ばという世界史の転換期に「人間の自由と尊厳」の旗印を掲げ、ロシアとヨーロッパを駆け抜けたロシア最大の知識人の壮絶な生涯を鮮烈に描く。

2012

歴史

大野哲弥著

国際通信史でみる明治日本

A５判上製
３０４頁
３４００円
978-4-915730-95-5

明治初頭の国際海底ケーブルの敷設状況、それを利用した岩倉使節団と留守政府の交信、台湾出兵時の交信、樺太千島交換交渉に関わる日露間の交信、また日露戦争時の新技術無線電信の利用状況等の史実を明らかにしつつ、政治、外交、経済の面から、明治の日本を見直す。２０１２

歴史

D・B・パヴロフ、S・A・ペトロフ著　I・V・ヂェレヴャンコ史料編纂　左近毅訳

日露戦争の秘密

ロシア側史料で明るみに出た諜報戦の内幕

四六判上製
３８８頁
３６９０円
978-4-915730-08-5

大諜報の主役、明石元二郎を追尾していたロシア側スパイ。ロシア満州軍司令部諜報機関の赤裸々な戦時公式報告書。軍事密偵、横川省三、沖禎介の翻訳されていた日記。九十年を経て初めてロシアで公開された史料が満載された「驚くべき書」（立花隆氏）。１９９４　◎

歴史

稲葉千晴著

バルチック艦隊ヲ捕捉セヨ

海軍情報部の日露戦争

四六判上製
３１２頁
３０００円
978-4-86520-016-4

新発見の史料を用い、日本がいかにしてバルチック艦隊の情報を入手したかを明らかにし、当時の海軍の情報戦略を解明していく。さらに世界各地の情報収集の現場を訪れ、集められた情報の信憑性を確認。日本海軍がどれほどの勝算を有していたか、を導き出していく。２０１６

歴史

松村正義著

日露戦争一〇〇年

新しい発見を求めて

四六判上製
２５６頁
２０００円
978-4-915730-40-5

日露戦争から一〇〇年を経て、ようやく明らかにされてきた真実を紹介する。講和会議を巡る日露および周辺諸国の虚々実々の駆け引き。前世紀末になって開放された中国、ロシアの戦跡訪問で分かった事。歴史的遺産を丹念に発掘し、改めて日露戦争の現代的意義を問う。２００３

歴史

松山大学編

マツヤマの記憶

日露戦争一〇〇年とロシア兵捕虜

四六判上製
２４０頁
２０００円
978-4-915730-45-0

マツヤマ！　そう叫んで投降するロシア兵がいたという。国際法を遵守して近代国家を目指した日本。実際に捕虜を迎えた市民たち。捕虜受け入れの実相、国内の他の収容所との比較、日露の収容所比較、ロシア側からの視点などを包摂して、その実態を新たに検証する。２００４

歴史

日露戦争研究会編

日露戦争研究の新視点

A５判上製
５４４頁
６０００円
978-4-915730-49-8

戦争に大きく関わっていた欧米列強。戦場となった朝鮮半島と中国。戦いの影響を受けざるをえなかったアジア諸国。当事国であった日露、とくにロシア側の実態を明らかにするとともに、従来の研究に欠けていた新たな視角と方法を駆使して百年前の戦争の実相に迫る。２００５

歴史

松村正義著

日露戦争と日本在外公館の“外国新聞操縦”

A5判上製
328頁
3800円
978-4-915730-82-5

極東の小国日本が大国ロシアに勝利するために採った外交手段のひとつが“外国新聞操縦”であった。現在では使われなくなったこの用語の内実に迫り、戦争を限定戦争として世界大戦化させないため、世界中の日本の在外公館で行われた広報外交の実相に迫る。

2010

歴史

土屋好古著

「帝国」の黄昏、未完の「国民」

日露戦争・第一次革命とロシアの社会

A5判上製
352頁
6000円
978-4-915730-93-1

日露戦争がロシアに問いかけたもの――それは、「帝国」という存在の困難と「国民」形成という課題であった。日露戦争を「長い一九世紀」という歴史的文脈の中に位置づけて、自由主義者たちの「下から」の国民形成の模索と第一次革命の意味を論じる。

2012

歴史

稲葉千晴著

ヤド・ヴァシェームの丘に

ホロコーストからユダヤ人を救った人々

四六判並製
160頁
1500円
978-4-86520-051-5

イェルサレムにあるヤド・ヴァシェームは、ホロコーストによって命を奪われた同胞と、ナチの脅威に立ち向かった英雄を追悼する場所である。本書は、その場所の成り立ち、ホロコーストからユダヤ人を救った「有徳の人」を概説し、かれらを具体的に紹介していく。

2020

歴史

コンペル　ラドミール著

長い終戦

戦後初期の沖縄分離をめぐる行政過程

A5判上製
320頁
5600円
978-4-86520-047-8

いったい何が沖縄の戦争の幕引きを長引かせたのか。「降伏をめぐるプロセス」と「沖縄の行政分離に至るプロセス」の二つのプロセスに注目して、その過程を見ていく。沖縄の問題に、戦後初期の日米の資料を多角的、多面的に解明することで迫っていく。

2020

歴史

E・J・ディロン著　成田富夫訳

ロシアの失墜

届かなかった一知識人の声

A5判上製
512頁
6000円
978-4-86520-006-5

十九世紀半ば、アイルランドに生まれた著者は、ロシアへと深く入り込んでいく。ウィッテの側近にもなっていた彼は、帝政ロシアの崩壊に直面。ロシアが生まれ変わろうとするとき、それはロシア民衆にとって幸せなことか、未知なるものへの懐疑と願望を吐露していく。

2014

歴史

E・J・ディロン著　成田富夫訳　西山克典監修

ロシア　昨今

ソヴィエト・ロシアへの偏らざる見解、1928年再訪の記録

A5判上製
360頁
5000円
978-4-86520-046-1

革命後の一九二八年秋、十四年間の空白の後、人生の思い出多きロシアの地を訪れたひとりのアイルランド人。革命とボリシェヴィズムを世界に対する「浄化」カタルシスと捉え、期待と危惧を秘めたソヴィエト社会を活写していく。異色のソヴィエト社会・文化論。

2020

歴史・文学

トルストイ　新しい肖像

E・J・ディロン著　成田富夫訳

四六判上製
344頁
3400円
978-4-86520-024-9

アイルランド生まれの著者は、十九世紀末葉、世界的に名を馳せていたトルストイとの関係を築いていく。文学作品の翻訳から始まり、トルストイと彼を取り巻く人々との交わりは、著者ならではの体験と観測とを育み、新たなトルストイ像が形造られていく。　2017

歴史・文学

トルストイの子どもたち

セルゲイ・トルストイ著　青木明子訳

四六判上製
274頁
2500円
978-4-86520-037-9

トルストイは十三人の子どもをもうけたが、夭折した五人を除く八人について孫である著者が語る。かれらは父の死後、第一次世界大戦、ロシア革命、内戦と続く二十世紀初頭の激動の時代を生きた。そんな波乱に満ちた彼らの生涯に通底する文豪との関係にも迫る。　2019　◎

現代・ビジネス

ロシアの躁と鬱

ビジネス体験から覗いたロシア

中尾ちゑこ著

四六判上製
200頁
1600円
978-4-86520-028-7

ソ連崩壊後に「気まぐれな好奇心」からモスクワのビジネススクールで短期講師に就任。それ以来、ロシアに特化したビジネスを展開する著者の目に映ったロシア、ロシア人、彼らとのビジネスを赤裸々に描く。48歳でロシアビジネスに踏み込んでいった女性の型破りの記録。　2018

歴史

日露交流都市物語

沢田和彦著

A5判上製
424頁
4200円
978-4-86520-003-4

江戸時代から昭和時代前半までの日露交流史上の事象と人物を取り上げ、関係する都市別に紹介。国内外の基本文献はもとより、日本正教会機関誌の記事、外事警察の記録、各地の郷土資料、ロシア語雑誌の記事、全国・地方紙の記事を利用し、多くの新事実を発掘していく。　2014

歴史

白系ロシア人と日本文化

沢田和彦著

A5判上製
392頁
3800円
978-4-915730-58-0

ロシア革命後に故国を離れた人びとの多くは自国の風俗、習慣を保持しつつ、長い年月をかけて世界各地に定着、同化、それぞれの国や地域の政治・経済・文化の領域において多様な貢献をなしてきた。日本にやってきたかれらが残した足跡を精緻に検証する。　2007　◎

歴史

ブロニスワフ・ピウスツキ伝

〈アイヌ王〉と呼ばれたポーランド人

沢田和彦著

A5判上製
400頁
4000円
978-4-86520-040-9

ロシア領リトアニアのポーランド貴族の家に生まれたピウスツキは、ペテルブルグ大学へ進学するも、皇帝暗殺未遂事件に連座してサハリン島へ流刑。過酷な運命を生きた巨人の生涯を、近代史を彩るアイヌ、日本を含む珠玉のような事柄とともに描く、本邦初の本格的評伝。　2019

歴史

長縄光男著

ニコライ堂遺聞

四六判上製
416頁
3800円
978-4-915730-57-3

明治という新しい時代の息吹を胸に、その時代の形成に何ほどかの寄与をなさんとした人々。祖国を離れ新生日本の誕生に己の人生をかけたロシア人たちと、その姿に胸打たれ後を追った日本人たち。ニコライ堂に集った人々の栄光、挫折、そして再生が描かれる。　2007

歴史

ポダルコ・ピョートル著

白系ロシア人とニッポン

A5判上製
224頁
2400円
978-4-915730-81-8

来日した外国人のなかで、ロシア人が最も多かった時代があった。一九一七年の十月革命後に革命軍に抗して戦い、敗れて亡命した白系ロシア人たちだ。ソ連時代には顧みられなかった彼らを、日露関係史を専門とするロシア人研究者が入念に掘り起こして紹介する。　2010　◎

歴史

生田美智子編

満洲の中のロシア

境界の流動性と人的ネットワーク

A5判上製
304頁
3400円
978-4-915730-92-4

満洲は、白系ロシアとソヴィエトロシアが拮抗して共存する世界でも類を見ない空間であった。本書は、その空間における境界の流動性や人的ネットワークに着目、生き残りをかけたダイナミズムを持つものとして、様々な角度から照射していく。　2012　◎

歴史・思想

森岡真史著

ボリス・ブルツクスの生涯と思想

民衆の自由主義を求めて

A5判上製
456頁
4400円
978-4-915730-94-8

ソ連社会主義の同時代における透徹した批判者ボリス・ブルツクスの本邦初の本格的研究。ブルツクスがネップ下のロシアで、また国外追放後に亡命地で展開したソヴェト経済の分析と批判の全体像を、民衆に根ざした独自の自由主義経済思想とともに明らかにする。　2012

歴史

近藤喜重郎著

在外ロシア正教会の成立

移民のための教会から亡命教会へ

A5判上製
280頁
3200円
978-4-915730-83-2

革命によって離散を余儀なくされたロシア正教会の信徒たち。国内外で起きたさまざまな出来事が正教会の分裂と統合を促していく。その歴史を辿るなかで、在外ロシア正教会の指導者たちがいかにして信徒たちを統率しようとしていったのかを追う。　2010

歴史

V・クラスコーワ編　太田正一訳

クレムリンの子どもたち

A5判上製
446頁
5000円
978-4-915730-24-5

「子どもたちこそ輝く未来！」――だが、この国の未来はそら恐ろしいものになってしまった。秘密警察長官ジェルジーンスキイから大統領ゴルバチョフまで、歴代の赤い貴族の子どもたちを通して、その「家族の記録」すなわち「悲劇に満ちたソ連邦史」を描き尽くす。　1998

歴史

スターリンとイヴァン雷帝

モーリーン・ペリー著　栗生沢猛夫訳

スターリン時代のロシアにおけるイヴァン雷帝崇拝

四六判上製
432頁
4200円
978-4-915730-71-9

国家建設と防衛、圧制とテロル。矛盾に満ちたイヴァン雷帝の評価は、その時代の民衆と為政者によって、微妙に、そして大胆に変容を迫られてきた。スターリン時代に、その跡を辿る。国家、歴史、そしてロシアを考えるうえで、示唆に満ちた一冊。　2009

歴史

さまざまな生の断片

J・ロッシ著　外川継男訳　内村剛介解題

ソ連強制収容所の20年

四六判上製
208頁
1942円
978-4-915730-16-0

フランスに生まれ、若くしてコミュニストとなり、スパイ容疑でソ連で逮捕。以降二十四年の歳月を収容所で送った著者が、その経験した出来事を赤裸々に、淡々と述べた好編。スターリン獄の実態、そしてソ連邦とは何だったのかを考えるうえでも示唆的な書。　1996 ◎

歴史・思想

サビタの花

外川継男著

ロシア史における私の歩み

四六判上製
416頁
3800円
978-4-915730-62-7

若き日にロシア史研究を志した著者は、まずアメリカ、そしてフランスに留学。ロシアのみならずさまざまな地域を訪問することで、ロシア・ソ連邦史、日露関係史に関する独自の考えを形成していく。訪れた地域、文明、文化、そして接した人びとの姿が生き生きと描かれる。　2007

歴史

「ロシア・モダニズム」を生きる

太田丈太郎著

日本とロシア、コトバとヒトのネットワーク

A5判上製
424頁
5000円
978-4-86520-009-6

一九〇〇年代から三〇年代まで、日本とロシアで交わされた、そのネットワークに迫る。個々のヒトの、作品やコトバの関わり、その彩りゆたかなネットワーク。それらを本邦初公開の資料を使って鮮やかに蘇らせる。掘り起こされる日露交流新史。　2014

歴史

イリーナさんというひと

太田丈太郎著

ソ連という時間をさがして

A5判上製
272頁
3000円
978-4-86520-048-5

ソ連という時間を生きた女性が遺した文書を読み解き、個々のヒトの「ヴォイス」を甦らせていく。いぬいとみことチュコーフスキーの児童文学、ブブノワの画家としての業績、「青年同盟」をめぐるニコライ・ハールジエフの研究、島尾敏雄の小説が蘇ってくる。　2020

歴史

神長英輔著

「北洋」の誕生

場と人と物語

A5判上製
280頁
3500円
978-4-86520-008-9

北洋とは何か、北洋漁業とは何か。十九世紀半ば以降のその通史（＝場）を概観し、そこに関わった人物たちの生涯（＝人）を辿りながら、北洋（漁業）の歴史の語り方そのもの（＝物語）を問うていく。いまなお形を変えながら語り継がれている物語に迫る。　2014

歴史

N・ヴィシネフスキー著　小山内道子訳

トナカイ王

北方先住民のサハリン史

四六判上製
224頁
2000円
978-4-915730-52-8

サハリン・ポロナイスク（敷香）の先住民集落「オタス」で「トナカイ王」と呼ばれたヤクート人ドミートリー・ヴィノクーロフ。かれは故郷ヤクーチア（現・サハ共和国）の独立に向け、日本の支援を求めて活動した。戦前、日本とソ連に翻弄された北方先住民たちの貴重な記録。　2006

歴史・文学

リディア・ヤーストレボヴァ著　小山内道子訳

始まったのは大連だった

リュドミーラの恋の物語

四六判上製
240頁
2000円
978-4-915730-91-7

大連で白系ロシア人の裕福な家庭に育ったミーラ。日本降伏後に進攻してきたソ連軍の将校サーシャ。その出会い、別離、そして永い時を経ての再会。物語は、日本人の知らなかった満州、オーストラリア、ソ連を舞台に繰り広げられる。　2012

歴史

エレーナ・サヴェーリエヴァ著　小山内道子訳　サハリン・樺太史研究会監修

日本領樺太・千島からソ連領サハリン州へ

一九四五年―一九四七年

A5判上製
192頁
2200円
978-4-86520-014-0

日本領樺太・千島がソ連領サハリン州へ移行する過程は、ソ連時代には半ばタブーであった。公文書館に保存されていた「極秘」文書が一九九二年に公開され、ようやくその全容が知られることになる。民政局によって指導された混乱の一年半を各方面において再現、検証する。　2015

歴史

水谷尚子、ニキータ山下著

夕空の鶴

音楽CD付き

ニキータ山下オーラル・ヒストリー

A5判上製
304頁
4000円
978-4-86520-061-4

日本とロシア、中国の血筋を引くニキータ山下はロイヤルナイツのメンバーとして1960、70年代に人気を博し、同時代のソ連邦ではアイドル的存在であった。同時に彼は、日ロの政治、経済、芸術の交流現場に立ち続けてきた人物でもあった。ニキータの声を聴く。　2022

歴史

長縄光男、沢田和彦編

異郷に生きる

来日ロシア人の足跡

A5判上製
274頁
2800円
978-4-915730-29-0

日本にやって来たロシア人たち——その消息の多くは知られていない。かれらは、文学、思想、芸術の分野だけでなく、日常生活の次元において、いかなる痕跡をとどめているのか。数奇な運命を辿った人びとの足跡を追うとともに、かれらが見た日本を浮かび上がらせる。 2001

歴史

中村喜和、長縄光男、長與進編

異郷に生きるII

来日ロシア人の足跡

A5判上製
274頁
2800円
978-4-915730-38-2

数奇な運命を辿ったロシアの人びとの足跡。それは、時代に翻弄されながらも、人としてしたたかに、そして豊かに生きた記録でもある。日本とロシアの草の根における人と人との交流の跡を辿ることで、異郷としての日本をも浮かび上がらせる。好評の第二弾—— 2003

歴史

中村喜和、安井亮平、長縄光男、長與進編

遥かなり、わが故郷

異郷に生きるIII

A5判上製
294頁
3000円
978-4-915730-48-1

鎖国時代の日本にやってきたロシアの人や文化。開国後に赴任したペテルブルクで榎本武揚が見たもの。大陸や半島、島嶼で出会うことになる日露の人々と文化の交流。日本とロシアのあいだで交わされた跡を辿ることで、日露交流を多面的に描き出す、好評の第三弾—— 2005

歴史

中村喜和、長縄光男、ポダルコ・ピョートル編

異郷に生きるIV

来日ロシア人の足跡

A5判上製
250頁
2600円
978-4-915730-69-6

ポーランド、東シベリア、ウラジヴォストーク、北朝鮮、南米、北米。ロシア、函館、東京、ソ連、そしてキューバ。時代に翻弄され、数奇な運命を辿ることになったロシアの人びと。さまざまな地域、時代における日露交流の記録を掘り起こして好評のシリーズ第四弾—— 2008

歴史

中村喜和、長縄光男、ポダルコ・ピョートル編

異郷に生きるV

来日ロシア人の足跡

A5判上製
360頁
3600円
978-4-915730-80-1

幕末の開港とともにやって来て発展したロシア正教会。日露協商、ロシア革命、大陸での日ソの対峙、そして戦後。その間にも多様な形で続けられてきた交流の歴史。さまざまな地域、時期における日露交流の記録を掘り起こして好評のシリーズ第五弾—— 2010

歴史

中村喜和、長縄光男、沢田和彦、ポダルコ・ピョートル編

異郷に生きるVI

来日ロシア人の足跡

A5判上製
368頁
3600円
978-4-86520-022-5

近代の歴史の中で、ともすれば反目しがちであった日本とロシア。時代の激浪に流され苦難の道を辿ることになったロシアの人々を暖かく迎え入れた日本の人々。さまざまな地域、さまざまな時期における日露交流の記憶を掘り起こす好評のシリーズ、最新の論集—— 2016

歴史

ハプスブルクとハンガリー

H・バラージュ・エーヴァ著　渡邊昭子、岩崎周一訳

四六判上製
416頁
4000円
978-4-915730-39-9

中央ヨーロッパに巨大な版図を誇ったハプスブルク君主国。本書は、その啓蒙絶対主義期について、幅広い見地から詳細かつ精緻に叙述する。君主国内最大の領域を有し、王国という地位を保ち続けたハンガリーから眺めることで、より生き生きと具体的にその実像を描く。　2003

歴史

オーストリアの歴史

R・リケット著　青山孝徳訳

四六判並製
208頁
1942円
978-4-915730-12-2

中欧の核であり、それゆえに幾多の民族の葛藤、類のない統治を経てきたオーストリア。そのケルト人たちが居住した古代から、ハプスブルク帝国の勃興、繁栄、終焉、そして一次、二次共和国を経て現代までを描いた、今まで日本に類書がなかった通史。　1995

歴史

オーストリア現代史

1918—2018

アンドレーアス・ピットラー著　青山孝徳訳

四六判上製
160頁
1600円
978-4-86520-055-3

オーストリア＝ハンガリー君主国が崩壊し、そこに暮らしていた諸民族は、自分たちの民族国家を樹立したり、すでに存在した同一民族の国家に加わったりした。取り残された「オーストリア人」が、自らのアイデンティティを求めて歩んだ共和国一〇〇年の歴史を辿る。　2021

歴史

たそがれのウィーン

エドワード・クランクショー著／今井道夫、青山孝徳訳

四六判上製
304頁
3000円
978-4-86520-060-7

ウィーンの街を遠近のはっきりした絵画に見立て、時代が刻印されたそれぞれの地域を紹介していく。観光の要所を押さえ、その歴史が文化はもちろん政治史も的確に取り込みながら叙述される。原著はヒトラーによるオーストリア併合の時期に書かれ、現代を彷彿とさせる。　2022

歴史

カール・レンナー

1870—1950

ジークフリート・ナスコ著　青山孝徳訳

四六判上製
208頁
2000円
978-4-86520-013-3

オーストリア＝ハンガリー帝国に生まれ、両大戦間には労働運動、政治の場で生き、そして大戦後のオーストリアを国父として率いたレンナー。本書は、その八十年にわたる生涯を、その時々に国家が直面した問題と、それに対するかれの対応とに言及しながら記述していく。　2015

歴史

カール・レンナー

その蹉跌と再生

ジークフリート・ナスコ著　青山孝徳訳

A5判上製
400頁
5000円
978-4-86520-033-1

二つの世界大戦後の混乱の中で二度の共和国樹立者、つねに調和を重んじ、構想力に富み、前向きで思いやりのある政治家。すでにコンパクトながら包括的な伝記のある著者が、本書でより詳細にレンナー八十年の実像に迫る。粘り強くオーストリアを率いた「国父」の肖像。　2019

歴史

カール・レンナー入門

アントーン・ペリンカ著　青山孝徳訳

四六判上製
176頁
1800円
978-4-86520-050-8

オーストリアの「国父」は死後70年の現在も評価と批判が交錯する人物である。オーストリアの抱える「あいまいさ」――ナチから解放された国であるとともに、ナチとともに犯した加害を忘れた国――を作り出したのはレンナーではないか、と著者は鋭く迫る。　2020

歴史

資本主義の世界像

オットー・バウアー著　青山孝徳訳　水田洋 序論

四六判並製
96頁
1000円
978-4-86520-052-2

本書は一九一六年、シベリアの捕虜収容所において、大きな資料的制約の下で執筆された、バウアーの唯一とも言える哲学的著作である。名著『封建的世界像から市民的世界像へ』の著者フランツ・ボルケナウは、自分が重要な示唆を受け取った著作の一つに本書を上げる。　2020

歴史

統制経済と食糧問題

第一次大戦期におけるポズナン市食糧政策

松家仁著

A5判上製
304頁
3200円
978-4-915730-32-0

十八世紀末葉のポーランド分割でドイツに併合されたポズナン。本書は、第一次大戦下、そこで行われた戦時統制経済を具体的に描き出し、分析していく。そこには、民族、階級の問題など、それ以降の統制経済に付き纏うさまざまな負の遺産の萌芽がある――。　2001

歴史

国家建設のイコノグラフィー

ソ連とユーゴの五カ年計画プロパガンダ

亀田真澄著

A5判上製
184頁
2200円
978-4-86520-004-1

ユーゴスラヴィア第一次五カ年計画のプロパガンダは、ソ連の第一次・第二次五カ年計画とはいかに異なる想像力のうえになされていたのか。それぞれのメディアで創りだされる視覚表象を通し、国家が国民をどのようにデザインしていったのかを解明していく。　2014

歴史

彗星と飛行機と幻の祖国と

ミラン・ラスチスラウ・シチェファーニクの生涯

ヤーン・ユリーチェク著　長與進訳

A5判上製
336頁
4000円
978-4-86520-012-6

スロヴァキアの小さな村に生まれ、天文学の道へ。パリ―アルプス―南米―タヒチと世界を巡り、第一次大戦時にはフランス軍でパイロットとして活躍。そして、マサリク、ベネシュとともにチェコスロヴァキア建国に専念していく。その数奇な生涯をたどる。　2015

社会思想

私の社会思想史

マルクス、ゴットシャルヒ、宇野弘蔵等との学問的対話

黒滝正昭著

A5判上製
488頁
4800円
978-4-915730-75-7

「初期マルクス」の思想形成過程から入って、宇野弘蔵、ヒルファーディング等現代社会思想の森林の迷路を旅する。服部文男・ゴットシャルヒの導きで学問的対話の域に達した著者四十五年間の、研究の軌跡と問いかけ。　2009

歴史・思想

ユートピアの鎖
全体主義の歴史経験

小沼堅司著

四六判上製
296頁
2500円
978-4-915730-41-2

マルクス＝レーニン主義のドグマと「万世一党」支配の下で起っていた多くの悲劇。本書は、スターリンとその後の体制がもったメカニズムを明らかにするとともに、ドストエフスキー、ジイド、オーウェルなどいち早くそこに潜む悲劇性を看取した人びとの思想を紹介する。2003

歴史・思想

A・シュタイン著　倉田稔訳

ヒルファディング伝

ナチズムとボルシェヴィズムに抗して

B6変並製
112頁
1200円
978-4-915730-00-9

名著『金融資本論』の著者としてだけでなく、社会民主主義を実践し大戦間の大蔵大臣を務めるなど党指導者・政治家として幅広く活躍したヒルファディング。ナチズムによる非業の死で終った彼の生涯を、個人的な思い出とともに盟友が鮮やかに描き尽くす。　1988

歴史・思想

倉田稔著

マルクス『資本論』ドイツ語初版

B6変並製
36頁
300円
978-4-915730-18-4

小樽商科大学図書館には、世界でも珍しいリーナ・シェーラー宛マルクス自署献呈本がある。この本が、シェーラーに献呈された経緯と背景、また日本の図書館に入って来ることになった数奇な経緯をエピソードとともに辿る。不朽の名著に関する簡便な説明を付す。　1997

歴史

倉田稔著

ハプスブルク・オーストリア・ウィーン

四六判上製
192頁
1500円
978-4-915730-31-3

中央ヨーロッパに永らく君臨したハプスブルク帝国。その居城であったウィーンは、いまでも多くの文化遺産を遺した、歴史に彩られた都である。その地に三年居住した著者が、歴史にとどまらず、多方面から独自の視点でオーストリア、ウィーンを描きだす。　2001

歴史・思想

倉田稔著

ルードルフ・ヒルファディング研究

四六判上製
240頁
2400円
978-4-915730-85-6

二十世紀前半の激動の時代に、ヒルファディングは初めマルクスに従いながら創造的な研究をし、そしてマルクスを超える視点を見出した。『金融資本論』の著者は、新しい現実をユニークに分析し、とりわけナチズムとソ連体制を冷静に観察し、批判した人物でもある。　2011

歴史・思想

倉田稔著

ヨーロッパ社会思想　小樽

私のなかの歴史

四六判上製
256頁
2000円
978-4-915730-99-3

学問への目覚めから、ヨーロッパを中心とする社会思想史、そして小林多喜二論、日本社会論へと続く、著者の学問的足跡をたどる。『北海道新聞』に連載された記事（2011年）に大きく加筆して再構成。また、留学したヨーロッパでの経験を、著者独自の眼差しで描く。　2013

歴史・思想

倉田稔著

マルクス主義

四六判並製
160頁
1200円
978-4-86520-002-7

マルクス主義とは何か。その成り立ちから発展、変遷を、歴史上の思想、人物、事象を浮き彫りにしながら辿る。かつ、現代の世界情勢について、マルクス主義の視座から、グローバルにそして歴史を踏まえつつ分け入っていく。今日的課題を考えるときの一つの大きな視点。　2014

現代・思想

倉田稔著

日本社会をよくするために

B６変並製
３２頁
３００円
978-4-86520-026-3

金権政治、選挙、行政、労働それに教育とテーマは幅広く深い。それにも関わらず、平易な文章なので、日本語を母国語としない学習者向け教材にも活用できる程。何よりも著者が自身の考えや知識で教え導くのではなく、読者に寄り添い共に考えてくれる意義深い書物。　２０１８

歴史・思想

進歩とは何か

N・K・ミハイロフスキー著　石川郁男訳

A５判上製
２５６頁
４８５４円
978-4-915730-06-1

個人を神聖不可侵とし、個人と人民を労働を媒介として結び付け、社会主義を「共同体的原理による個人的原理の勝利」とする。この思想の出発点が本書でありナロードニキ主義の古典である。その本邦初訳に加え、訳者「生涯と著作」所収。待望の本格的研究。　１９９４

歴史・思想

高野雅之著

ロシア「保守反動」の美学

レオンチエフの生涯と思想

四六判上製
２４０頁
２４００円
978-4-915730-60-3

十九世紀ロシアの特異な人物であり、今日のロシアでブームを呼び起こしているレオンチエフの波乱にみちた生涯を追う。そして思想家としてのかれのなかに、すなわちその政論と歴史哲学のなかに、「美こそすべての基準」という独自の美学的世界観を跡づけていく。　２００７

歴史・思想

浜由樹子著

ユーラシア主義とは何か

四六判上製
３０４頁
３０００円
978-4-915730-78-8

ロシアはヨーロッパでもアジアでもないユーラシアである。ソ連邦崩壊後にロシア内外で注目を集めたこの主張は、一九二〇年代のロシア人亡命者の中から生まれた思想潮流に源を発している。その歴史的起源を解明し、戦間期国際関係史の中への位置づけを図る。　２０１０

歴史・思想

ロシアのオリエンタリズム

ロシアのアジア・イメージ、ピョートル大帝から亡命者まで

デイヴィド・シンメルペンニンク＝ファン＝デル＝オイェ著　浜由樹子訳

A５判上製
３５２頁
４０００円
978-4-86520-000-3

敵か味方か、危険か運命か、他者か自己か。ロシアにとってアジアとは。他のヨーロッパ人よりもはるかに東方に通じていたロシア人が、オリエントをいかに多様な色相で眺めてきたかを検証。ユーラシア史、さらには世界史を考えようとする人には必読の書（杉山正明氏）。　２０１３

歴史・思想

イヴァーノフ＝ラズームニク著　佐野努・佐野洋子訳

ロシア社会思想史 上巻

インテリゲンツィヤによる個人主義のための闘い

978-4-915730-97-9

A5判上製
616頁
7400円

ロシア社会思想史はインテリゲンツィヤによる人格と人間の解放運動史である。ラヂーシェフ、デカブリストから、西欧主義とスラヴ主義を総合してロシア社会主義を創始するゲルツェンを経て、革命的民主主義者チェルヌイシェフスキーへとその旗は受け継がれていく。

２０１３

歴史・思想

イヴァーノフ＝ラズームニク著　佐野努・佐野洋子訳

ロシア社会思想史 下巻

インテリゲンツィヤによる個人主義のための闘い

978-4-915730-98-6

A5判上製
584頁
7000円

人間人格の解放をめざす個人主義のための闘い。倫理的個人主義を高唱したトルストイとドストエフスキー、社会学的個人主義を論証したミハイローフスキー。「大なる社会性」と「絶対なる個人主義」の結合というロシア社会主義の尊い遺訓は次世代の者へと託される。

２０１３

歴史・文学

松原広志訳

監獄と流刑

イヴァーノフ＝ラズームニク回想記

978-4-86520-017-1

A5判上製
380頁
5000円

帝政ロシアの若き日に逮捕、投獄された著者は、物理学徒からナロードニキ主義の作家・思想家の途へ転じ、その著作で頭角を現す。革命後のロシアでは反革命の嫌疑をかけ続けられ、革命と戦争の激動の時代に三度の投獄・流刑の日々を繰り返した。その壮絶な記録。

２０１６

歴史・文学

松原広志著

ロシア・インテリゲンツィヤの運命

イヴァーノフ＝ラズームニクと20世紀前半ロシア

978-4-86520-032-4

A5判上製
312頁
4000円

自由と人格の尊厳を求めて文筆活動に携わり、帝政ロシアからスターリンの監獄までを経験、その後ナチス・ドイツの収容所を経て、戦火のヨーロッパ各地を流転。その間、多くの知識人たちと交わした論争を紹介しながら、その流浪の生涯を浮き彫りにしていく。

２０１９

歴史・思想

T・G・マサリク著　石川達夫訳

ロシアとヨーロッパⅠ

ロシアにおける精神潮流の研究

A5判上製
376頁
4800円
978-4-915730-34-4

第1部「ロシアの歴史哲学と宗教哲学の諸問題」では、ロシア精神を理解するために、ロシア国家の起源から第一次革命に至るまでのロシア史を概観する。第2部「ロシアの歴史哲学と宗教哲学の概略」では、チャアダーエフからゲルツェンまでの思想家たちを検討する。　2002

歴史・思想

T・G・マサリク著　石川達夫・長與進訳

ロシアとヨーロッパⅡ

ロシアにおける精神潮流の研究

A5判上製
512頁
6900円
978-4-915730-35-1

第2部「ロシアの歴史哲学と宗教哲学の概略」（続き）では、バクーニンからミハイローフスキーまでの思想家、反動家、新しい思想潮流を検討。第3部第1編「神権政治対民主主義」では、西欧哲学と比較したロシア哲学の特徴を析出し、ロシアの歴史哲学的分析を行う。　2004

歴史・思想

T・G・マサリク著　石川達夫・長與進訳

ロシアとヨーロッパⅢ

ロシアにおける精神潮流の研究

A5判上製
480頁
6400円
978-4-915730-36-8

第3部第2編「神をめぐる闘い。ドストエフスキー」は、本書全体の核となるドストエフスキー論であり、ドストエフスキーの思想を批判的に分析する。第3編「巨人主義かヒューマニズムか。プーシキンからゴーリキーへ」では、ドストエフスキー以外の作家たちを論じる。　2005

歴史・思想

A・F・ローセフ著　大須賀史和訳

神話学序説

表現・存在・生活をめぐる哲学

四六判上製
322頁
3000円
978-4-915730-54-2

スターリン体制が確立しようとする一九二〇年代後半、ソ連に現れた哲学の巨人ローセフ。革命前「銀の時代」の精神をバックグラウンドに、ギリシア哲学、ロシア正教、宗教哲学、西欧哲学に通暁した著者が、革命の時代に抗いながら提起した哲学的構想の一つ。　2006

歴史・思想

御子柴道夫著

ロシア宗教思想史

四六判上製
304頁
2500円
978-4-915730-37-5

神を論じることは人間を論じること、神を信じることは人間を信じること。ロシア正教一千年の歴史のなかで伝統として蓄積され、今なおその底流に生き続ける思想とはなにか。ビザンチン、ヨーロッパ、ロシアの原資料を渉猟し、対話することで、その思想の本質に迫る。　2003

歴史・思想

御子柴道夫編

ロシア革命と亡命思想家

1900―1946

A5判上製
432頁
4000円
978-4-915730-53-5

革命と戦争の時代を生きたロシアの思想家たちが、その雰囲気を語り、その社会に訴えかけた諸論文を紹介する。その背後には、激しい時代の奔流の中で何かを求めて耳傾けている切迫した顔の聴衆が見える。時代を概観できる詳細な年表、各論文の丁寧な解題を付す。　2006

歴史・思想

セルゲイ・ブルガーコフ著　堀江広行訳

名前の哲学

二十世紀ロシア神名論の哲学

A5判上製
352頁
5000円
978-4-86520-049-2

無神論に対抗して二十世紀初頭に花開いたロシア宗教哲学は、ロシア正教の言語観と神名論に着目した独自の言語哲学を生む。名詞の背後に人間を介した宇宙の発話と、宇宙を介した個人の発話を見て、これら人間によるすべての命名の頂点にある神名の啓示を説く。　2021

歴史・文学

川崎隆司著

原典によるロシア文学への招待

古代からゴーゴリまで

四六判上製
336頁
3200円
978-4-915730-70-2

古代から近代までのロシア文学・思想を、その特異な歴史的背景を解説しながら、それぞれの代表的作品の原典を通して紹介。文学を理解するために一番大切なことはなによりも原典を読むことであるとする著者が、独自の視点で描く。　2008

歴史・文学

白倉克文著

近代ロシア文学の成立と西欧

四六判上製
256頁
3000円
978-4-915730-28-3

カラムジン、ジュコフスキー、プーシキン、ゴーゴリ。ロシア文学の基礎をなし、世界的現象にまで高めたかれらは、いかにして西欧と接し、どのようなものを享受したのか。西欧世界の摂取を通じ、近代の相克そのものを体験せねばならなかったロシアを微細に描きだす。　2001

歴史・文学

白倉克文著

ラジーシチェフからチェーホフへ

ロシア文化の人間性

四六判上製
400頁
4000円
978-4-915730-84-9

十八世紀から二十世紀にかけてのロシア文化が、思想・文学を中心に据えて、絵画や音楽も絡めながら、複合的・重層的に紹介される。そこに通底する身近な者への愛、弱者との共感という感情、そうした人間への眼差しを検証していく。　2011

歴史・文学

ゲーリー・マーカー著　白倉克文訳

ロシア出版文化史

十八世紀の印刷業と知識人

A5判上製
400頁
4800円
978-4-86520-007-2

近代ロシアの出版業はピョートル大帝の主導で端緒が開かれ、十八世紀末には全盛期を迎えた。この百年間で出版業の担い手は次々に移り変わったが、著者はその紆余曲折を、政治・宗教・教育との関係のなかに丹念に検証していく。特異で興味深いロシア社会史。　2014

歴史・文学

M・プリーシヴィン著　太田正一訳

森と水と日の照る夜

セーヴェル民俗紀行

A5変上製
320頁
3107円
978-4-915730-14-6

知られざる大地セーヴェル。その魂の水辺に暮らすのは、泣き女、呪術師、隠者、分離派、世捨て人、そして多くの名もなき人びと…。実存の人、ロシアの自然の歌い手が白夜に記す「愕かざる鳥たちの国」の民俗誌。一九〇六年夏、それは北の原郷への旅から始まった。　1996

自然・文学

M・プリーシヴィン著　太田正一編訳

プリーシヴィンの森の手帖

四六判上製
208頁
2000円
978-4-915730-73-3

ロシアの自然のただ中にいた！　生きとし生けるものをひたすら観察し洞察し表現し、そのなかに自らと同根同種の血を感受する歓び、優しさ、またその厳しさ。生の個性の面白さをとことん愉しみ、また生の孤独の豊かさを味わい尽くす珠玉の掌編。　2009

歴史・文学

太田正一編訳

プリーシヴィンの日記

1914—1917

A5判上製
536頁
6400円
978-4-86520-025-6

本書は、プリーシヴィンが長年に渡って書き続けた詳細かつ厖大な日記のなかで、第一次世界大戦からロシア革命に至る四年間を選び出し編訳したものである。メディアや人びとのうわさ、眼前に見る光景などが描かれ、時代の様相と透徹した眼差しが伝わってくる。　2018

歴史・民俗

中堀正洋著

ロシア民衆挽歌

セーヴェルの葬礼泣き歌

四六判上製
288頁
2800円
978-4-915730-77-1

世界的に見られる葬礼泣き歌を十九世紀ロシアに検証する。天才的泣き女と謳われたフェドソーヴァの泣き歌を中心に、時代とセーヴェル（ロシア北部地方）という特殊な地域の民間伝承、民俗資料を用い、当時の民衆の諸観念と泣き歌との関連を考察していく。 2010

歴史・文学

中村喜和編

イワンのくらし いまむかし

ロシア民衆の世界

四六判上製
272頁
2718円
978-4-915730-09-2

ロシアで「ナロード」と呼ばれる一般の民衆＝イワンたちはどんな生活をしているだろうか？ 「昔ばなし」「日々のくらし」「人ともの」「植物誌」「旅の記録」。五つの日常生活の視点によってまとめられた記録、論稿が、ロシア民衆の世界を浮かび上がらせる。 1994

文学

V・ベローフ著　中村喜和訳

村の生きものたち

B6判上製
160頁
1500円
978-4-915730-19-1

ひとりで郵便配達をした馬、もらわれていった仔犬に乳をやりにいく母犬、屋根に登ったヤギのこと……。「魚釣りがとりもつ縁」で北ロシアの農村に暮らす動物好きのフェージャと知り合った「私」が、村のさまざまな動物たちの姿を見つめて描く詩情豊かなスケッチ集。 1997

文学

大森雅子著

時空間を打破する ミハイル・ブルガーコフ論

A5判上製
448頁
7500円
978-4-86520-010-2

二十世紀ロシア文学を代表する作家の新たな像の構築を試みる。代表作に共通するモチーフやテーマが、当時のソ連の社会、文化の中でどのように形成され、初期作品から生涯最後の長篇小説『巨匠とマルガリータ』にいかに結実していったのかを明らかにする。 2014

文学

S・ドヴラートフ著　沼野充義訳

わが家の人びと

ドヴラートフ家年代記

四六判上製
224頁
2200円
978-4-915730-20-7

祖父達の逸話に始まり、ドヴラートフ家の多彩な人々の姿を鮮やかに描きながら、アメリカに亡命した作者に息子が生まれるまで、四代にわたる年代記が繰り広げられる。その語りは軽やかで、ユーモアに満ち、どこまで本当か分からないホラ話の呼吸で進んでいく。 1997

文学

S・ドヴラートフ著　ペトロフ＝守屋愛訳　沼野充義解説

かばん

四六判上製
224頁
2200円
978-4-915730-27-6

ソ連からアメリカへ旅行鞄一つで亡命したドヴラートフ。彼がそのかばんをニューヨークで開いたとき、そこに見出したのは、底の抜けた陽気さと温かさ、それでいてちょっぴり悲しいソビエトでの思い出の数々だった。独特のユーモアとアイロニーの作家、本邦第二弾。 2000

文学

古宮路子著

オレーシャ『羨望』草稿研究
人物造形の軌跡

A5判上製
240頁
4000円
978-4-86520-058-4

革命後のロシア文壇に彗星のごとく現れ、わずか10年の活躍ののちにスターリン体制によって窒息させられたユーリー・オレーシャ。無名だった彼を一躍文壇の寵児にした小説『羨望』の草稿を読み解き、作品として形を取るまでのプロセスに肉薄、小説誕生の軌跡に迫る。　2021

文学

竹内恵子著

廃墟のテクスト
亡命詩人ヨシフ・ブロツキイと現代

四六判上製
336頁
3400円
978-4-915730-96-2

ソ連とアメリカ、東西陣営の両端から現代社会をアイロニカルに観察するという経験こそ、戦後の文化的廃墟から出発した彼を世界的詩人へと押し上げていく。ノーベル賞詩人の遺したテクストを読み解く本邦初の本格的研究。「極上の講義を受けている気分」（管啓次郎氏）。　2013

歴史・文学

高橋誠一郎著

ロシアの近代化と若きドストエフスキー
「祖国戦争」からクリミア戦争へ

四六判上製
272頁
2600円
978-4-915730-59-7

祖国戦争から十数年をへて始まりクリミア戦争の時期まで続いたニコライ一世（在位一八二五―五五年）の「暗黒の三〇年」。父親との確執、そして初期作品を詳しく分析することで、ドストエフスキーが「人間の謎」にどのように迫ったのかを明らかにする。　2007

歴史・文学

高橋誠一郎著

黒澤明で「白痴」を読み解く

四六判上製
352頁
2800円
978-4-915730-86-3

「白痴」の方法や意義を深く理解していた黒澤映画を通し、登場人物の関係に注目しつつ「白痴」を具体的に読み直す―。ロシアの「キリスト公爵」とされる主人公ムィシキンの謎に迫るだけでなく、その現代的な意義をも明らかにしていく。　2011

歴史・文学

高橋誠一郎著

黒澤明と小林秀雄
「罪と罰」をめぐる静かなる決闘

四六判上製
304頁
2500円
978-4-86520-005-8

一九五六年十二月、黒澤明と小林秀雄は対談を行ったが、残念ながらその記事が掲載されなかったため、詳細は分かっていない。共にドストエフスキーにこだわり続けた両雄の思考遍歴をたどり、その時代背景を探ることで「対談」の謎に迫る。　2014

歴史・文学

高橋誠一郎著

「罪と罰」の受容と「立憲主義」の危機
北村透谷から島崎藤村へ

四六判上製
224頁
2000円
978-4-86520-031-7

青春時代に「憲法」を獲得した明治の文学者たちの視点で、「憲法」のない帝政ロシアで書かれ、権力と自由の問題に肉薄していた『罪と罰』を読み解き、島崎藤村の『破戒』や『夜明け前』との関連に迫る。さらに、徳富蘇峰と小林秀雄の文学観の危険性に迫る。　2019

文学

ドストエフスキーとは何か

長瀬隆著

四六判上製
448頁
4200円
978-4-915730-67-2

全作品を解明する鍵ドヴォイニーク（二重人、分身）は両義性を有する非合理的な言葉である。唯一絶対神を有りとする非合理な精神はこの一語の存在と深く結びついている。ドストエフスキーの偉大さはこの問題にこだわり、それを究極まで追及したことにある。　２００８

文学

近代日本文学とドストエフスキー

夢と自意識のドラマ

木下豊房著

四六判上製
336頁
3301円
978-4-915730-05-4

二×二が四は死の始まりだ。近代合理主義への抵抗と、夢想、空想、自意識のはざまでの葛藤。ポリフォニックに乱舞し、苦悩するドストエフスキーの子供たち。近代日本の作家、詩人に潜在する「ドストエフスキー的問題」に光を当て、創作意識と方法の本質に迫る。　１９９３

文学

ドストエフスキー その対話的世界

木下豊房著

四六判上製
368頁
3600円
978-4-915730-33-7

現代に生きるドストエフスキー文学の本質を作家の対話的人間観と創作方法の接点から論じる。ロシアと日本の研究史の水脈を踏まえ、創作理念の独創性とその深さに光をあてる。国際化する研究のなかでの成果。他に、興味深いエッセイ多数。　２００２

文学

ロシアの冠毛

木下宣子著

A5判上製
112頁
1800円
978-4-915730-43-6

著者は二十世紀末の転換期のロシアを三度にわたって訪問。日本人として、日本の女性として、ロシアをうたった。そこに一貫して流れるのは、混迷する現代ロシアの身近な現実を通して、その行く末を温かく見つめようとする詩人の魂である。精霊に導かれた幻景の旅の詩。　２００３

歴史・芸術

イメージのポルカ
スラヴの視覚芸術

近藤昌夫、渡辺聡子、角伸明、大平美智代、加藤純子著

A5判上製 272頁 2800円 978-4-915730-68-9

聖像画イコン、シャガール、カンディンスキーの絵画、ノルシュテイン、シュヴァンクマイエルのアニメ、ペトルーシュカやカシュパーレクなどの喜劇人形——聖と俗の様々な視覚芸術を触媒に、スラヴ世界の共通性とともに民族の個性を追い求める六編を収録。 2008

文学

新編 ヴィーナスの腕
J・サイフェルト詩集　飯島周訳

四六変上製 160頁 1600円 978-4-915730-26-9

詩人の全作品を通じて流れるのは『この世の美しきものすべて』、特に女性の美しさと自由に対するあこがれ、愛と死の織りなす人世模様や不条理を、日常的な言葉で表現しようとする努力である。ノーベル文学賞を受賞したチェコの国民的詩人の本領を伝える新編選集。 2000

文学

チェスワフ・ミウォシュ詩集
関口時正・沼野充義編

四六判上製 208頁 2000円 978-4-915730-87-0

ポーランドで自主管理労組《連帯》の活動が盛り上がりを見せる一九八〇年、亡命先のアメリカでノーベル文学賞を受賞し、一躍世界に名を知られることとなったチェスワフ・ミウォシュ。かれの生誕百年を記念して編まれた訳詩集。 2011

文学

ポケットのなかの東欧文学
ルネッサンスから現代まで

飯島周、小原雅俊編

四六判上製 560頁 5000円 978-4-915730-56-6

隠れた原石が放つもうひとつのヨーロッパの息吹。四十九人の著者による詩、小説、エッセイを一堂に集めたアンソロジー。目を閉じてページをめくると、そこは、どこか懐かしい、それでいて新しい世界。ポケットから語りかける、知られざる名作がここにある。 2006

芸術・文学

ブルーノ・シュルツの世界
加藤有子編

A5判上製 252頁 3000円 978-4-86520-001-0

シュルツの小説は、現在四十ちかくの言語に訳され、世界各地で作家や芸術家にインスピレーションを与えている。そのかれは画業も残した。かれのガラス版画、油彩を収録するほか、作品の翻案と翻訳、作品が各所に与えた影響を論じるエッセイ、論考を集める。 2013

歴史・文学

バッカナリア 酒と文学の饗宴
沓掛良彦・阿部賢一編

四六判上製 384頁 3000円 978-4-915730-90-0

「酒」を愛し、世界の「文学」に通じた十二名の論考による「饗宴」。世界各地の文学作品で言及される酒を、縦横に読解していく。盃を片手に、さらなる読書へと誘うブックガイドも収録。酒を愛し、詩と小説を愛するすべての人に捧げる。 2012

歴史・芸術

石川達夫著

チェコ・ゴシックの輝き

ペストの闇から生まれた中世の光

A5判上製
196頁
3000円
978-4-86520-056-0

不条理な受難をいかに受け止め、理不尽な不幸といかに折り合いをつけるか――チェコがヨーロッパのゴシック文化の中心地のひとつとなった時代はペストが猛威を振るった時代でもあった。建築・美術のみならず文学・音楽も含めたチェコ・ゴシックの全体像を探る。 2021

歴史・文学

暗黒 上巻

18世紀、イエズス会とチェコ・バロックの世界

アロイス・イラーセク著　浦井康男訳

A5判上製
408頁
5400円
978-4-86520-019-5

フスによる宗教改革の後いったんは民族文化の大輪の花を咲かせたものの独立を失い、ハプスブルク家の専制とイエズス会による再カトリック化の中で言語と民族文化が衰退していったチェコ史の暗黒時代。史実を基に周到に創作された、本格的な長編歴史小説。 2016

歴史・文学

暗黒 下巻

18世紀、イエズス会とチェコ・バロックの世界

アロイス・イラーセク著　浦井康男訳

A5判上製
368頁
4600円
978-4-86520-020-1

物語は推理小説並みの面白さや恋愛小説の要素も盛り込みつつ、いよいよ佳境を迎える。隠れフス派への弾圧が最高潮に達した18世紀前半の宗教・文化・社会の渾然一体となった状況が、立場を描き分けられた登場人物たちの交錯により、詳細に描写されていく。 2016

文学

プラハ

ペトル・クラール著　阿部賢一訳

四六判上製
208頁
2000円
978-4-915730-55-9

パリへ亡命した詩人が、故郷プラハを追憶するとき、かつてない都市の姿が浮かび上がってくる。さりげない街の光景に、詩人は、いにしえの都市が発するメッセージを読み取っていく。夢想と現実を行き来しながら、百塔の都プラハの魅力を伝えてくれる珠玉のエッセイ。 2006

歴史・文学

プラハ　カフカの街

エマヌエル・フリンタ著　ヤン・ルカス写真　阿部賢一訳

菊判上製
192頁
2400円
978-4-915730-64-1

プラハ生まれのドイツ語作家フランツ・カフカ。彼のテクストに刻印された都市を、世紀末プラハを知悉する批評家エマヌエル・フリンタが解読していく。世紀転換期における都市の社会・文化的位相の解読を試みる画期的論考。写真家ヤン・ルカスによる写真を多数収録。 2008

芸術・文学

イジー・コラーシュの詩学

阿部賢一著

A5判上製
452頁
8400円
978-4-915730-51-1

チェコに生まれたイジー・コラーシュは「コラージュ」の詩人である。かれはコラージュという芸術手法を造形芸術のみならず、言語芸術においても考察し、体系的に検討した。ファシズムとスターリニズムの時代を生きねばならなかった芸術家の詩学の全貌。 2006

文学

アヴィグドル・ダガン著　阿部賢一他訳

古いシルクハットから出た話

四六判上製
176頁
1600円
978-4-915730-63-4

世界各地を転々とした外交官が〈古いシルクハット〉を回すとき、都市の記憶が数々の逸話とともに想い起こされる。様々な都市と様々な人間模様――。プラハに育ち、イスラエルの外交官として活躍したチェコ語作家アヴィグドル・ダガンが綴る晩年の代表的な短編集。　2008

歴史・建築

ヘレナ・チャプコヴァー著　阿部賢一訳

ベドジフ・フォイエルシュタインと日本

A5判上製
296頁
4000円
978-4-86520-053-9

プラハで『ロボット』の舞台美術を手がけ、東京で聖路加国際病院の設計にも加わった、チェコの建築家・美術家フォイエルシュタインの作品と生涯を辿る。日本のモダニズム建築への貢献、チェコでのジャポニスムの実践と流布など、知られざる芸術交流をも明らかにする。　2021

文学

ローベル柊子著

ミラン・クンデラにおけるナルシスの悲喜劇

四六判上製
264頁
2600円
978-4-86520-027-0

クンデラは、自らのどの小説においてもナルシス的な登場人物の物語を描き、人間全般にかかわる根幹的な事柄として、現代のメディア社会が抱える問題の特殊性にも着目しつつ、考察している。本書はクンデラの小説をこのナルシシズムのテーマに沿って読み解いていく。　2018

文学

三輪智惠子訳　ダヴィド・ゴギナシュヴィリ解説

アレクサンドレ・カズベギ作品選

四六判上製
288頁
3000円
978-4-86520-023-2

ジョージア（旧グルジア）の古典的著名作家の本邦初訳作品選。グルジア出身のスターリンもよく読んでいたことが知られている。ジョージア人の慣習や気質に触れつつ、ロシアに併合された時代の民衆の苦しい生活を描いた作品が多い。四つの代表的短編を訳出。　2017

文学

五月女颯著

ジョージア近代文学のポストコロニアル・環境批評

A5判上製
336頁
5000円
978-4-86520-062-1

ロシアの植民地として過酷な変容を迫られた十九世紀ジョージア。この地の若き知識人たちは、カフカース山脈を越えて、宗主国ロシアに新たな知見を求めねばならなかった。ジョージア近代文学を環境・動物批評など新しい文学理論を駆使して解読、新機軸を打ち出す。　2022

文学

イヴァン・ゴドレール、佐々木とも子訳　鈴木啓世画

イヴァン・ツァンカル作品選

四六判上製
176頁
1600円
978-4-915730-65-8

四十年間働き続けたあなたの物語——労働と刻苦の末、いまや安らかな老後を迎えるばかりのひとりの農夫。しかし彼の目の前に突き出されたのはあまりにも意外な報酬だった。スロヴェニア文学の巨匠が描く豊かな抒情性と鋭い批判精神に満ちた代表作他一編。　2008

文学

イヴァン・ツァンカル著　佐々木とも子、イヴァン・ゴドレール訳　鈴木啓世画

慈悲の聖母病棟

四六判上製
208頁
2000円
978-4-915730-89-4

町を見下ろす丘の上に佇む慈悲の聖母会修道院——その附属病棟の一室に十四人の少女たちがベッドを並べている。丘の下の俗世を逃れたアルカディアのような世界で四季は夢見るように移り変わり、少女たちの静謐な日々が流れていくが……。　2011

文学

工藤左千夫著
新版 ファンタジー文学の世界へ
主観の哲学のために

四六判上製
160頁
1600円
978-4-915730-42-9

ファンタジーは現代への警鐘の文学であるとする著者が、J・R・R・トールキン、C・S・ルイス、フィリパ・ピアス、神沢利子、M・エンデ、プロイスラー、宮沢賢治、ル・グウィンなどの東西の著名な作品を読み解き、そのなかで、主観の哲学獲得のための糸口を探る。 2003

文学

工藤左千夫著
すてきな絵本にであえたら
絵本児童文学基礎講座Ⅰ

四六判並製
192頁
1600円
978-4-915730-46-7

小樽の絵本・児童文学研究センターで長年にわたって開講され、好評を得ている基礎講座の待望の活字化。第一巻の本巻は、就学前の児童にどのような絵本を、どのように読み聞かせたらよいのかを解説する。母親が子どもと一緒に学んでいくための必携、必読の書。 2004

文学

工藤左千夫著
本とすてきにであえたら
絵本児童文学基礎講座Ⅱ

四六判並製
200頁
1600円
978-4-915730-66-5

絵本・児童文学研究センター基礎講座の第二弾。本巻は、就学後の児童にどのような本を与えたらよいのかを解説する。情操の必要性、第二次反抗期と秘密、社会性の意味、自尊の必要性など、子どもの成長に合わせ、そして自己実現へ向けた本との出会いを考えていく。 2008

文学

工藤直子、斎藤惇夫、藤田のぼる、工藤左千夫、中澤千磨夫著
だから子どもの本が好き

四六判上製
176頁
1600円
978-4-915730-61-0

私は何故子どもの本が好きか、何故子どもと子どもの本にかかわるのか、子どもの本とは何か——。五人の著者たちが、多くの聴衆を前に、この難問に悪戦苦闘し、それぞれの立場、それぞれの方法で、だから子どもの本が好き!、と答えようとした記録。 2007

文学

南裕介著

シベリアから還ってきたスパイ

四六判上製
340頁
1600円
978-4-915730-50-4

敗戦後シベリアに抑留され、ソ連によってスパイに仕立てられた日本人。帰国したかれらを追う米進駐軍の諜報機関、その諜報機関の爆破を企む反米過激派組織。戦後まもなく日本で起きたスパイ事件をもとに、敗戦後の日本の挫折と復活というテーマを独自のタッチで描く。 2005

国際理解

横浜国立大学留学生センター編

国際日本学入門

トランスナショナルへの12章

四六判上製
232頁
2200円
978-4-915730-72-6

横浜国立大学で六十数カ国の留学生と日本人学生がともに受講することのできる「国際理解」科目の人気講義をもとに執筆された論文集。対峙する複数の目=「鏡」に映り、照らし合う認識。それが相互に作用し合う形で、「日本」を考える。 2009

哲学

佐藤正衞著

素朴に生きる

大森荘蔵の哲学と人類の道

四六判上製
256頁
2400円
978-4-915730-74-0

大森哲学の地平から生を問う！ 戦後わが国の最高の知性の一人である大森荘蔵と正面からとり組んだ初めての書。大森が哲学的に明らかにした人間経験の根本的事実を、人類の発生とともに古い歴史をもつ狩猟採集文化の時代にまでさかのぼって検証する。 2009

芸術

マイヤ・コバヒゼ著　鍋谷真理子訳

ロシアの演劇教育

A5判上製
228頁
2000円
978-4-86520-021-8

ロシアの演劇、演劇教育は、ロシア文化と切っても切り離せない重要な要素であり、独自の貢献をしている。ロシアの舞台芸術に長く関わってきた著者が、劇場、演劇教育機関、その俳優教育メソッドを紹介し、ロシアの演劇教育の真髄に迫る。 2016

語学

宮崎千穂、エルムロドフ・エルドルジョン著

調査・実務・旅行のためのウズベク語会話

ロシア語付き

A5判並製
196頁
2000円
978-4-86520-029-4

勤務先の大学で学外活動をウズベキスタンにおいて実施する科目を担当する著者が、現地での調査や講義、学生交流、ホームステイ時に学生たちの意思疎通の助けとなるよう、本書を企画。初学者から上級者まで、実際の会話の中で使えるウズベク語会話集。 2018 ◎

歴史・思想

石川達夫著

マサリクとチェコの精神

アイデンティティと自律性を求めて

A5判上製
310頁
3800円
978-4-915730-10-8

マサリクの思想が養分を吸い取り、根を下ろす土壌となったチェコの精神史とはいかなるものであり、彼はそれをいかに見て何を汲み取ったのか？　宗教改革から現代までのチェコ精神史をマサリクの思想を織糸として読み解く。サントリー学芸賞・木村彰一賞同時受賞。　1995

歴史・文学

マサリクとの対話

哲人大統領の生涯と思想

カレル・チャペック著　石川達夫訳

A5判上製
344頁
3800円
978-4-915730-03-0

チェコスロヴァキアを建国させ、両大戦間の時代に奇跡的な繁栄と民主主義を現出させた哲人大統領の生涯と思想を、「ロボット」の造語で知られるチャペックが描いた大ベストセラー。伝記文学の傑作として名高い原著に、詳細な訳注をつけ初訳。各紙誌絶賛。　1993

チャペック小説選集

珠玉の作品を選んで編んだ本邦初の小説集

……【全6巻】

子どもの頃に出会って、生涯忘れることのない作家。今なお世界中で読み継がれている、チェコが生んだ最高の才人。そして「ロボット」の造語で知られるカレル・チャペック。文学史上名高い哲学三部作を含む珠玉の作品を選んで、作家の本領を伝える。

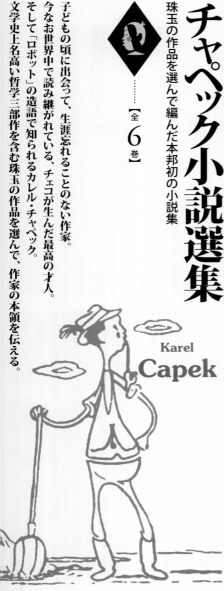

文学

①受難像

K・チャペック著　石川達夫訳

四六判上製
200頁
1942円
978-4-915730-13-9

人間が出会う、謎めいた現実。その前に立たされた人間の当惑、真実を探りつつもつかめない人間の苦悩を描いた13編の哲学的・幻想的短編集。真実とは何か、人間はいかにして真実に至りうるかというテーマを追求した、実験的な傑作。

1995

文学

②苦悩に満ちた物語

K・チャペック著　石川達夫訳

四六判上製
184頁
1942円
978-4-915730-17-7

妻の不貞の結果生まれた娘を心底愛していた父は笑われるべきか？　外的な状況からはつかめない人間の内的な真実や、ジレンマに立たされ、相対的な真実の中で決定的な決断を下せない人間の苦悩などを描いた9編の中短編集。

1996

文学

③ホルドゥバル

K・チャペック著　飯島周訳

四六判上製
216頁
2136円
978-4-915730-11-5

アメリカでの出稼ぎから帰ってくると、家には若い男が住み込んでいて、妻も娘もよそよそしい……。献身的な愛に生きて悲劇的な最期を遂げた男の運命を描きながら、真実の測り難さと認識の多様性というテーマを展開した3部作の第1作。

1995

文学

④流れ星

K・チャペック著　飯島周訳

四六判上製
228頁
2233円
978-4-915730-15-3

飛行機事故のために瀕死の状態で病院に運び込まれた身元不明の患者X。看護婦、超能力者、詩人それぞれがこの男の人生を推理し、様々な展開をもつ物語とする。一人の人間の運命を多角的に捉えようとした作品であり、3部作の第2作。

1996

文学

⑤平凡な人生

K・チャペック著　飯島周訳

四六判上製
224頁
2300円
978-4-915730-21-4

「平凡な人間の一生も記録されるべきだ」と考えた一人の男の自伝。その記録をもとに試みられる人生の様々な岐路での選択の可能性の検証。3部作の最後の作品であり、哲学的な相対性と、それに基づく人間理解の可能性の認知に至る。

1997

文学

⑥外典

K・チャペック著　石川達夫訳

四六判上製
240頁
2400円
978-4-915730-22-1

聖書、神話、古典文学、史実などに題材をとり、見逃されていた現実を明るみに出そうとするアイロニーとウィットに満ちた29編の短編集。絶対的な真実の強制と現実の一面的な理解に対して、各人の真実の相対性と現実の多面性を示す。

1997

書名索引

＊は現在品切れです。

のありかがあいまいなまま警察が権力を行使できるという状態は、国家の法組織や人権意識が壊滅的な状態であることを端的に示している。

別の証言者は十一歳のときに粛清の現場近くに居合わせたおばあさんで、撤去報道の二年前、二〇一七年に証言が記録された。当時、クロパティで「女性の恐ろしい叫び声を聞いた」という記憶、そして自分は獣の巣穴のような穴を見つけて隠れたから助かったが、そうでなければ同じ場所に葬られていたかもしれないという話をしている。

その後、この林にキノコ狩りにいくようなときは、母親に「ここにはお墓があるから、ぞんざいにしてはいけない、でもこれは誰にも言ってはいけないよ」と言われて、怯えながらもそれを守っていたということだ。

おわりに――記憶の保存

粛清の記憶については、幾度かの圧政の緩和の時代にソ連全体で、そしてソ連の崩壊後は独立した各国において、いくつかの段階を経て明らかになってきた。各国はそれぞれに粛清の犠牲者を追悼する記念日を設けており、ロシアは十月三十日、ウクライナは五月の第三日曜日、カザフスタンは五月三十一日となっている。そしてロシアにおける粛清の犠牲者について記憶の保存運動の中心を担っていたのが、ロシア政府が二〇二二年の軍事行動に先駆けておこなった弾圧をこうむり、二〇二二年にノーベル平和賞を受賞した団体「メモリアル」である。

こうしたことからも粛清の記憶に対する扱いは、そのときどきの政府の社会に対する抑圧のひとつのバロメーターとして見ることもできることがわかるが、ベラルーシにおいては現在にいたるまで政府によって積極的に粛清の犠牲を追悼する動きがみられず、クロパティの手作りの十字架のように、主に犠牲者の遺族を中心とした市民による自発的な追悼がおこなわれてきたのみであることは特筆に値する。

マラドニャークをはじめこの時代に弾圧された作家については、多くがベラルーシ語で作品を残しているが、これらについての研究は世界的にみてもたいへん少なく、日本の文学研究界においてはほぼ未踏の分野となっている。本文で言及したように当時のロシアの文壇とのかかわりも深いとみられ、その細かな影響関係や作品そのものの分析などについては今後の研究が待たれる。

注

(1) Расстраляная літаратура: Творы беларускіх пісьменнікаў, загубленых карнымі органамі бальшавіцкай улады. Мінск: Кнігазбор, 2008.

(2) Расстраляная літаратура. С. 5.

(3) Расстраляная літаратура. С. 363-377.

(4) Расстраляная літаратура. С. 365.

(5) Расстраляная літаратура. С. 364.

(6) Расстраляная літаратура. С. 402-407.

(7) *Ількевич Н. Н.* Адам Бабарека: Арест – лагерь – смерть. Смоленск: Посох, 1999.
(8) Расстраляная літаратура. С. 460-477.
(9) Расстраляная літаратура. С. 522-537.
(10) サーシャ・フィリペンコ『理不尽ゲーム』奈倉有里訳、集英社、二〇二一年、一五〇～一五一頁。
(11) フィリペンコ『理不尽ゲーム』三〇～三二頁。
(12) フィリペンコ『理不尽ゲーム』二四頁。
(13) サーシャ・フィリペンコ『赤い十字』奈倉有里訳、集英社、二〇二一年、一九一頁。

ウクライナ

第四章　銃殺された文芸復興
――一九三〇年代の文学グループ弾圧と、現代にいたる言語と民族の問題

奈倉有里

ウクライナにおいてもロシアやベラルーシと時期を同じくして大規模な弾圧、逮捕、投獄、銃殺がおこなわれた。その膨大な犠牲者についてはスターリン批判後の一九五〇～六〇年代と一九八〇年代のペレストロイカ期以降に少しずつ明らかになってきた歴史がある。

一　三十年後に出たアンソロジー

最初に「銃殺された文芸復興」(Розстріляне відродження)[(1)]という定義を用い、一九二〇～三〇年代にウクライナで犠牲になった文化人たちに焦点をあてたのは、文学研究者のユーリー・アンドリヤノヴィチ・ラヴリネンコ（一九〇五～八七）であった。ラヴリネンコは『銃殺された文芸復興――一九一七年

図1　ラヴリネンコ『銃殺された文芸復興』初版本（1959年）

から一九三三年のアンソロジー詩・散文・戯曲・エッセイ』[2]という千ページ近い全篇ウクライナ語の書籍を、一九五九年にポーランド系の出版社からパリで刊行した［図1］（現在はウクライナで主に二〇〇〇年代に幾度か再販された版が出回っている）。

この本の初版の序文は三節に分かれ、第一節では出版社への謝辞と出版の経緯が、第二節では資料の収集に協力した諸機関および個人への謝辞が、第三節では編纂の方針が主に語られている。また、サブタイトルに「詩・散文・戯曲・エッセイ」とあるが、紙幅の都合上、散文や戯曲など分量の多いものよりも、詩を優先させて収録したとのことわりがきもついている。

このうち、出版の経緯を語る第一節は、次のようにはじまっている――

> このアンソロジーの刊行に際しては「クルトゥラ」出版にお世話になりました。（…）
> これは「銃殺された文芸復興」（この定義は十五年前に私が最初に用いたものです）の作品を総括するアンソロジーを出す初めての試みとなります。こうしてウクライナ語で刊行されるこの本が、ウクライナ人の手によってではなく、ポーランド人らの手によってポーランドの出版社から出るというのは、少し不思議なことです。

しかし見方を変えるなら、ここにはそれなりの理由があります。一九一七年以降、ウクライナの文芸復興は次から次へと血まみれの惨劇をくりひろげ、にもかかわらずそれらは今世紀を通して顧みられることがありませんでした。わたしたちの〔二十〕世紀は「世界の団結」と好んで繰り返しながら、その世界を構成する個々の事例（ときには大意すら）をはなはだ軽視してきました。そしてその後の歴史の歩みが見せつけたものは、この「世界の団結」を美辞麗句や偽善的なスローガンとして押し通すことすらできない、あまりに病的な現実でした。(3)

このように、ここではまず「銃殺された文芸復興」とは編者ラヴリネンコがこの本の刊行の十五年前に初めて使用した定義であり、ウクライナ文化に造詣の深い（ウクライナとポーランドの文化交流に注力してきた）ポーランドの出版社(4)によってパリで出版されたことが説明されている。しかしよく見ると別のページには「ドイツにて印刷」とミュンヘンの会社名が記されてあり、巻末の解説の署名には「ニューヨーク、一九五九年五月」とあるので、より厳密には「ニューヨークで執筆、ポーランド系の出版社によってドイツで印刷され、パリで刊行」ということになるだろうか。こうした経緯は、ラヴリネンコも述べているように、当時このような書物を出すことがいかに困難であったかを物語っている。

第二節では資料提供をした個々人への謝辞とともに、アメリカのウクライナ自由科学アカデミーのアーカイヴ博物館、ニューヨーク公共図書館のスラヴ・ライブラリーへの謝辞が述べられている。

第三節では編纂の方針として、掲載したのは基本的に一九一七年から三三年までにウクライナ・ソヴィエト社会主義共和国内で出版された書籍に掲載された作品であること（出版されずに手稿のまま保存されていたものもごく一部あるが、そちらについてもウクライナ国内で書かれたものを収集し、亡命者の作品は含まないこと）、一九三三年以降は禁書となり入手が極めて困難になった作品を扱っていることが記される。ただし、作品のうち一部は、一九三〇年代末の西部ウクライナの占領期から第二次大戦期にかけてと、雪どけ期の一九五六〜五八年にかけて、検閲に歪められたかたちで出版されたものもあり、それらは可能なかぎり原典を復元し収録したとある。

そして最後に、次のような事情が語られる――

私たちは各作家の作品群の前に、それぞれの作家の作風紹介や、最低限の伝記や著書一覧を示そうと努力しましたが、ときとしてそれはたいへんに困難なことでした。一九二〇年代のウクライナ・ソヴィエト作家の人生や作品名や単純な伝記的事実を記すことが、なぜそんなに困難だったかを示すために、一九五四年十二月二十日に〔在アメリカの亡命ロシア人を中心とした〕ウクライナ作家連盟「スロヴォ」がニューヨークから送った電報を引用します――

「ソ連、モスクワ、第二回全ソ作家大会　宛

（…）一九三〇年には二五九名のウクライナ作家が活字になっていました。ところが一九三八年以降に活動していたのは三十六名です。我々は国家保安人民委員部に説明を求めます。残る二二三名の作家は、ウクライナ文学界からどこへ、なぜ消えてしまったのでしょうか？」

「スロヴォ」幹部会は報道向けに、この電報へ次のような説明を添えていました――おおよそのところ（なぜなら正確な数字は現時点では不明ですから）、ソ連にて消えた二二三名のウクライナ

作家の内訳は次のようになります。十七名が銃殺され、八名が自殺、一七五名が逮捕、強制収容、その他の刑事的措置によって文学界から排除（このなかにも銃殺された者や収容所で死亡した者が含まれるとみられます）、十六名が行方不明、八名が自然死。ただしモスクワ側は電報に応えず、当時のウクライナ作家弾圧について沈黙し続けているため、これらの数字は暫定的なものです。[(5)]

一九五四年の第二回全ソ作家大会は、「第二回」とはいえ、周知のように一九三四年の第一回大会からじつに二十年の時を経てスターリンの死後に開催され、スターリン時代の教義を擁護する側とソ連社会の民主化を目指す新勢力とがぶつかりあった大会であり、ここでの数々の議論は雪どけへの原動力となっていった。

ラヴリネンコもこのスターリン死後の気運のなかで粛清の犠牲者にまつわる資料を集中的に収集し、それらをまとめて一九五九年にアンソロジーとして刊行したものとみられる。実はラヴリネンコ自身もまた、「銃殺された文芸復興」に当事者として関わっていた一人でもあった。あとで触れる文学グループ「プルフ」に加わり、評論家として活動していたが、一九三〇年代に逮捕と収容所での強制労働を体験している。

二　ウクライナ化政策と若手文学グループ

ではラヴリネンコのアンソロジーに収録されたのはどのような作家たちなのか。それをひもとくにあたって一九二〇年代ウクライナの文化状況を確認しておく必要がある。前提として背景となったのはむろん、ソ連政府による「ウクライナ化」政策である。

ウクライナ化の中心に据えられた問題は、やはり言語であった。ウクライナにおけるウクライナ語の使用を推奨する動きは、当初からウクライナ・ボリシェヴィキの幹部内でも賛否両方の声があがるなかで進められた。一九二三年にはドミートリー・レベジが「二つの文化の闘争」論のなかで、「ウクライナは、歴史的な事情で、都市の文化がロシア、農村の文化がウクライナなのだ」として、ウクライナ語は農村での「文化的啓蒙」にかぎり、ロシア文化への「準備段階」のための言語にとどめるべきだと主張した。しかし一九二三年七月二十七日には教育と文化のウクライナ化にかんする決定がなされ、五日後の八月一日には、「諸言語の平等の保障およびウクライナ語の発展促進の措置について」の決定が出る。これは、ウクライナにおけるそれまでのロシア語とウクライナ語の「平等」は「形式上の」ものであり不充分であったことを認め、「『あらゆる手立てをつくして』ウクライナ語をすべての中央国家機関ならびにウクライナ人多数地域の地方機関において唯一の行政言語にするよう努めなければならない」とするものであった。(6)

ときを同じくして、ウクライナの文学界では数多くの若手文学グループが生まれていた［図2］。代表的な例としては、一九二二年に農村作家を中心としたグループ「プルフ」（Плуг）が、二三年に労働者を中心としたグループ「ハルト」（Гарт）が結成され、二五年にはハルキウ（ハリコフ）で「西ウクライナ」（Західна Україна）が、翌二六年にはキーウ（キエフ）では「ランカ」（Ланка）が当地で活動する作家を中心として立ち上げられている。ハルトはのちに「ヴァプリテ（プロレタリア文学自

図2　ハルキウとキーウの芸術家たちの会合（キーウ、1923 年）
前列左から 3 番目がフヴィリョヴィー、中列右から 2 番目がティチナ、後列左から 2 番目がゼロウ。

由アカデミー）」（ВАПЛІТЕ – Вільна академія пролетарської літератури）に改組され「文芸復興」の中心的役割を果たすことになる。また、プルフとハルトのメンバーが合流するかたちで、前章でも触れた「モロドニャーク」（Молодняк）というグループが生まれている。

これらのグループの発生と分裂は、ウクライナ化政策における幾度もの転機とそれにまつわる論争とが密接に関係している。

一九二五年三月、ラーザリ・カガノヴィチがウクライナ党第一書記に任命されると、それまで政策に対する意見が党内部で分裂していたことの一因は党そのもののウクライナ化ができていなかったことにあるとして、党中央委員会の機関紙をはじめ、集会や党学校の言語もウクライナ語で統一され、党員ひとりひとりがウクライナ語の勉強を命じられた。さらには「ウクライナ学」として、ウクライナ語だけでなく、ウクライナ経済、ウクライナ文学、ウクライナの革命運動、ウクライナの風土と産物、世界のウクライナ人（ディアスポラ）といった各科目を教わることになる。[7]

この動きにともない、文学の論争も多様に広がっていく。そのひとつが、ウクライナ文学の目指す方向性についてであり、ヨーロッパ文学を志向すべきかロシア文学を志向すべきかの議論であった。とくにヴァプリテのミコラ・フヴィリョヴィーが主張する、ウクライナ文化は洗練された西欧の近代的な文化を志向すべきであり、ロシア文化とは袂を分かつべきだという論[8]は耳目を集め、フヴィリョヴィー自身の言葉ではないが、「モスクワから離れよ！」（Геть від Москви!）というスローガンが一連の流れのなかで生まれ、現在にいたるまで異なる政治的文脈で象徴的に用いられつづけている。

しかし、こうしたウクライナの民族主義を積極的に推し進める動きはやがて、政治中枢部での派閥闘争や対外政策の方針転換によって反転する。「民族らしい形式を整えることによって民族はナショナリズムを超越したインターナショナリズム（国際主義）に到ることができる」というレーニン以来の指針[9]は、一九三〇年代に入ると表面上は否定されないものの、それを真に受けることは危険な行為となった。

まず、最初の大きな事件として挙げられるのは、一九三〇年三月九日～四月十九日にかけてハルキウ国立オペラ・バレエ劇場でおこなわれた「ウクライナ解放同盟裁判」（Дело «Союза освобождения Украины»; Процес «Спілки визволення України»）だ。これはいわば見せしめ裁判で、科学アカデミー、学校、出版界、教会などの各分野から念入りに選ばれた非党員の知識人たち四十五名が被告となって裁かれた。反革命的な地下組織が広まっている(第一次大戦中の同名の組織とは無関係)という罪状がでっち上げられ、事件に関連して七百名が逮捕されている。[10]

つぎに大きな粛清の波が来たのは一九三三年ごろで、「銃殺された文芸復興」のあいだでもこの時期を境に犠牲者が増大した。その要因としては、一九三二年から三三年にかけてソ連各地で広がった大飢饉——とくに被害の大きかったウクライナでは「ホロドモール」と呼ばれる人為的飢餓が挙げられる。しばしば指摘されるように、ホロドモール自体は必ずしもウクライナ民族を標的とした民族浄化とはいえず、反抗的な農民を弾圧する穀物調達テロルによって引き起こされたものだと考えられる。ただし、結果として起きた飢饉に対して遡及的に探られた原因はきわめて「民族的」なものであり、農民の抵抗が起きたのは民族主義のためだとして、ウクライナやベラルーシで大規模な民族テロルが実行された。[11]

以下、数名のウクライナ語作家の例をみてみよう。

ミコラ・フヴィリョヴィー(一八九三〜一九三三) Микола Хвильовий

ロシア帝国ハルキウ県トロスチャネツィに生まれる。一九一九年に第一次世界大戦に従軍後二一年ウクライナ共産党に入党、ウクライナ化政策を支持して文学活動を展開した。ヨーロッパ文化志向の立場で一九二〇年代後半の文学論争をリードしたことはすでに述べた。ラヴリネンコのアンソロジーでは散文の部のはじめに十三ページに及ぶ伝記とともに置かれ、随筆の部では『ウクライナか小ロシアか(抜粋)』など四つの評論が収録されている。[12] しかしこうした言論活動が政争に巻き込まれ、カガノヴィチが政敵オレクサンドル・シュムスキーを排除するためにスターリンに宛てた手紙のなかで、過激な民族主義の例として持ち出され、スターリンに厳しく非難される。フヴィリョヴィーは自己批判をするがヴァプリテは一九二八年に解散、執筆活動もむずかしくなる。そして一九三三年の春ポルタワ地方でホロドモールの惨状を目にしたのち、五月十三日、ピストル自殺をおこなった。そこには前日のミハイロ・ヤロヴィー逮捕に抗議する意味合いが込められており、作家仲間に向けた遺書には「ヤロヴィーの逮捕は一世代全体にたいする銃殺である」と記されていた。ヤロヴィーは一八八五年生まれで、ヴァプリテの初代代表を務めたが、逮捕後に十年の刑を言い渡され、さらに再調査で死刑を宣告され、一九三七年十一月三日に銃殺されている。

なお、ウクライナ化を先頭に立って推し進めてきた政治的指導者ミコラ・スクルィプニクも、ヤロヴィー逮捕とフヴィリョヴィーの死の二か月後である一九三三年七月七日に自ら命を絶っている。

ミコラ・ゼロウ（一八九〇～一九三七）Микола Зеров

ロシア帝国ポルタワ県ジンキウで著名な教育者コスチャンティン・ゼロウの子として生まれ、学問的な家庭環境で育った。弟二人も長じて作家・学者になっている。多言語に堪能で、古代ギリシャ語やラテン語の教師として教壇に立ちつつ、雑誌『クニハリ』（Книгарь）の編集も務め、詩の翻訳や創作をてがけた。一九二〇年には最初の本『ローマ詩集』（翻訳）と『新しいウクライナの詩』（十九世紀後半～二十世紀初頭のウクライナ詩人の作品アンソロジー）、二四年には自身の詩集『カメナ』（Камена）を発表し「新古典派」（Неокласики）と呼ばれるモダニズム運動を牽引した。文学論争ではフヴィリョヴィーの立場を支持し、一九二六年六月のウクライナ共産党中央委員会総会で新古典派に否定的な評価が下されて以降は表立った活動ができなくなる。一九三三年のヤロヴィー逮捕とフヴィリョヴィーの自殺以後はさらに危険が身に迫り、三四年に大学の職を追われ、移住した先のモスクワで三五年四月二十八日に逮捕された。収容所に十年の刑が宣告され、カレリア共和国のソロフキ（ソロヴェツキー収容所）に送られるが、健康問題のため肉体労働を免除され、長年取り組んできた『アエネーイス』の翻訳を当地で完成させたと妻に宛てた手紙に書き記している。だがそのひと月後の一九三七年十月九日に死刑判決を受け、十一月三日に銃殺された。

処刑されたのがミハイロ・ヤロヴィーと同月同日なのは偶然ではなく、一九三七年十月二十七日から十一月四日にかけてソロフキの南方に位置する森林地帯サンダルモフでは一一一一名もの囚人が殺されたという。犠牲者はさまざまな身分出身から成るが、十一月三日に殺害されたウクライナの作家だけでも、ほかにレシ・クルバス、オレクサ・スリサレンコ、パウロ・フィリポーヴィチ、クリム・ポリシチュク、ミコラ・クリシ、ミロスラウ・イルチャン、ワレリヤン・ポリシチューク、フリホーリー・エーピク、マルコ・ヴォロニーら多数に及ぶ。

ゼロウの作品のうちソネット詩や評論がラヴリネンコの本に収められており、(13)たとえば詩「聖木曜日」（一九二二）はこんな一節を含む――「福音書の陰鬱な物語が／この卑しく忌まわしい時代の／かすかな寓意に聞こえる(14)」。

ワレリヤン・ピドモヒーリニー（一九〇一～三七）Валер'ян Підмогильний

ピドモヒーリニーも一九三七年十一月三日の死者の一人だった。一九〇一年二月二日、ロシア帝国カテリノスラフ（エカテリノスラフ）県チャプリで土地を管理する貧農の家庭に生まれた。在学中から執筆をはじめ若くして頭角をあらわし、一九二〇年には最初の短篇集が刊行されている。加わった文学集団ランカは、二六年に「マルス（革命言語の工房）」（МАРС – Майстерня революційного слова）と改名し、ヴァプリテに共鳴しながらキーウで活動を展開した。ピドモヒーリニーは一九二八年刊行の小説『街』（Місто）によって、ウクライナ語による先駆的な都市小説を書くとともに、アナトール・フランスやモーパッサンやバルザックらフランス文学を積極的に翻訳紹介することで足跡を残している。

しかし一九二〇年代末にはマルスの活動は停止に追い込まれ、ピドモヒーリニー自身も三四年十二月八日に逮捕、ソロフキへ送られ命を落とした。ラヴリネンコは短篇「裸足のイワン」（『反乱軍とその他の物語』所収）を掲載している。[15]

これらの作家たちは粛清によって命を奪われたが、亡命や沈黙によって辛くも生き延びた者たちもいた。たとえばイワン・バフリャーニー（一九〇六～六三）は、キーウの国立美術建築アカデミー在学中にマルスに加わり、若くして活躍していたが、一九三二年四月十六日に逮捕、たびたび脱走を試みながらも失敗し刑期を終えたあと、独ソ戦時にガリツィアで反ソ連パルチザンに加わり、ドイツに亡命した。戦後は粛清の実態を告発する小冊子『なぜソ連に戻りたくないか』（一九四六）などを発表し注目を集めた。ボリス・アントネンコ＝ダヴィドヴィチ（一八九九～一九八四）[16]もマルスに加わっていたが、一九三三年カザフスタンに出国、三五年一月五日に逮捕、当初死刑判決を下されたが減刑され、収容所生活を生き延び、五七年にキーウに戻り名誉回復を受けた。

他方、「転向」により粛清を免れた者もいる。その代表例がラヴリネンコのアンソロジーの冒頭に収められたパウロ・ティチナ（一八九一〜一九六七）だろう。[17] 少年時代聖歌隊で歌っていたティチナはやがて詩に目覚め、ウクライナ後の詩人として頭角をあらわしたが、一九三〇年代に弾圧が始まると「党が導く」（一九三三）など体制に迎合する作品を書くようになり、政府機関の要職を務めた。ウクライナ・ソヴィエト社会主義共和国国歌の作詞も手がけている。

ここまでを振り返ってみると、弾圧の流れがベラルーシの状況と連動していることがはっきり見てとれる。「解放同盟」の見せしめ裁判をともなった一九三〇年前後の第一波、「民族主義」を口実とした大規模な逮捕の始まりである三三年前後の第二波、数多くの犠牲者を生んだ三七年前後の第三波。第四波にあたる一九三九年以降は、独ソ不可侵条約による西ウクライナ併合と、独ソ戦の開始により、膨大な数のポーランド人、ウクライナ人、ユダヤ人らがＮＫＶＤ（内務人民委員部）によって殺されている。ただしこれらの粛清の波はウクライナとベラルーシだけを襲ったのではなく、中央アジアなどの「東方」や、当然その震源であるロシアにも、様々な違いを含みながらも及んだということはいうまでもない。

三　ソ連崩壊から二〇二一年までのウクライナ文学

ペレストロイカからソ連崩壊を経て、ロシアでかつての地下出版の書が広く読まれるようになったことと連動して、ウクライナでもそれまで活字にできなかったウクライナの作家・詩人の作品が出版されるようになる。二十世紀初頭に活躍した詩人や後期ソ連時代に地下出版で活動していた作家など、再発見、再評価された作家も多くいた。

ソ連崩壊に先駆けてウクライナの文学界を動かしたのは、ユーリー・アンドルホーヴィチ、ヴィクトル・ネボラク、オレクサンドル・イルヴァネツが中心となり一九八五年に結成された文学グループ「ブー・バー・ブー」(Burlesque – Balagan – Bufonada) であった。彼らは主に一九八七年から九二年にかけて、リヴィウ、キーウを中心に詩の朗読会をおこない、カーニバル的な笑いと社会風刺をともなう力強い作風で、ペレストロイカ期のウクライナ聴衆を魅了した。(18)

また同時期の一九八七〜八八年にはウクライナ作家同盟の主導で、「銃殺された文芸復興」時代に粛清の犠牲となった作家の名誉回復がなされ、復刊がはじまっている。

現代ウクライナ文学が時期的にいつから始まるのかについては明確な定義があるわけではないが、一般的にはこの「ブー・バー・ブー」期のペレストロイカ以降をひとつの契機としたうえで、その言語的特徴による分類としては、ウクライナ在住あるいはウクライナをテーマとして描くウクライナ語作家と、ウクライナ在住あるいはウクライナをテーマとして描くロシア語作家に分けられる。また、ボフダン・ジョルダク（一九四八〜二〇一八）のように、ロシア語とウクライナ語の混ざったスルジクを積極的に作品にとりいれた作家もいた。さらに、海外に移住してなおウクライナ語の執筆を続けた作家もいる。ユーリー・タルナフシキー（一九三四〜）は戦後のドイツで避難民として生活したのちアメリカに移住、一九五六年に詩集『都市の生活』を発表し、生涯のほとんどをウクライナ国外で過ごしながらウクライナ語での執筆を続けた。

さて現代におけるウクライナ国内のウクライナ語作家として、若い世代では一九八四年生まれのリュブコ・デレシが、ヴィクトル・ペレーヴィンとも比較されるような、いわば古き良きポストモダン的な作風で若者に人気を博した。一九八二年生まれのソフィヤ・アンドルホーヴィチはユーリー・アンドルホーヴィチの娘で、翻訳家としても活躍している。次にもう少し上の世代では、一九七四年生まれのセルヒー・ジャダン、さらにその上の世代にはオクサーナ・ザブジコがいる。彼女は詩人でもあり翻訳者でもあり、またウクライナ語運動の推進者としても知られている。アレクシエーヴィチの『チェルノブィリの祈り』を一九九八年にいちはやくロシア語からウクライナ語に翻訳紹介し、さらにその後アレクシエーヴィチ自身との交流も経て、二〇一六年に改訳を出版したのも彼女だ。初版の序文では、ベラルーシの作家がベラルーシ語ではなくロシア語でこの作品を書いたことに驚きを示していたが、二〇一六年の版では序文を改訂し、最初に読んだときとはかなり印象が違うことを示し、彼女とアレクシエーヴィチの対談などを取り入れたうえで、ベラルーシにおけるベラルーシ語の位置づけとウクライナにおけるウクライナ語の位置づけの相違点にも留意している。

この時期のウクライナ文学の背景としてベラルーシと大きく異なっていたのは、幾度にもわたる政権の変化において、さまざまな段階を経てウクライナ語化政策が取り入れられてきたことである。そんななかで、ウクライナ語作家とロシア語作家の交流は、ウクライナ語話者とロシア語話者をつなぐ文化交流の役割を果たしてきた。

ウクライナのロシア語作家の代表的な存在であるアンドレイ・クルコフは一九六一年にレニングラードで生まれたが、三歳のときに家族とともにキーウに引っ越しウクライナで育った。その作品は多くの言語に翻訳されており、邦訳では沼野恭子訳の『ペンギンの憂鬱』(新潮クレスト・ブックス、二〇〇四年)、前田和泉訳の『大統領の最後の恋』(新潮クレスト・ブックス、二〇〇六年)、吉岡ゆき訳の『ウクライナ日記』(ホーム社、二〇一五年)があり、これらはソ連末期から数年前までのウクライナの理解に非常に役立つ本でもある。

まず『ペンギンの憂鬱』では、当時ロシアもそうであったように、ソ連の崩壊から間もないキーウで犯罪が多発し、マフィアの恐怖が身近にある社会が描かれる。このペンギンは動物園に生きているわけでもなく本来生きるペンギンの群れにいるわけでもない、いわばはぐれペンギンで、そこに主人公自身の姿が重ねられていく。『大統領の最後の恋』では時系列が大きく三つに分けられ、一九七〇年代以降のソ連時代、ソ連崩壊期の一九九〇年代初頭、そして執筆当時から見れば近未来に当たる二〇一一〜一六年を舞台としてウクライナ各地やクリミアが描かれ、歴史の深みとともにコミカルな近未来予想も面白く、いま読み返すと実際にその予言が的中しているように読める箇所もあるという作品になっている。『ウクライナ日記』は原題の「マイダン日記」というタイトルが表しているように、二〇一三年十一月から一四年四月の作家自身の日記であり、ウクライナ危機と呼ばれた日々の刻々とした移り変わりが伝わってくる。

これら邦訳のある作品群に加え、その後のウクライナを描いた未邦訳の作品としては『灰色のミツバチ』が挙げられる。

二〇一八年に発表された『灰色のミツバチ』は、ウクライナ東部から物語がはじまる。当時のいわゆるグレーゾーンで、激戦区ではないにせよ既にほとんどの住民が村をあとにしている村に、主人公のセルゲイは幼なじみのけんか友達と二人きりで取り残されていた。過ぎゆく日々がいつも似通い、遠くに響く銃声さえもが村の静寂の一部になるなかで、主人公はこの紛争の対立には関与したくないと考えていた。セルゲイという名前をもじってセールイ、灰色と呼ばれている彼は、その名のとおり、白にも黒にもなりたくなかったのだ。ところが次第に紛争が身近になるにつれ、ほほ笑ましかったけんか友達との間に修復し難い亀裂が生まれ、セルゲイはついに村を去る決心をする。ハチを心から大事にしていた養蜂家のセルゲイは、ミツバチの巣箱を車の後ろに積み、けん引して検問所を通るたびに「ミツバチが銃撃戦を怖がるから、ミツバチを紛争から逃れさせてアカシアの花の咲く地域へと連れていかなきゃいけないんだ」と言いながら旅を続ける。ザポリージャ近郊の小さな村へ、そしてクリミアへ。ミツバチを中心に世界が回っているような人物でありながら、彼の心は閉ざされてはおらず、ミツバチとともに飛び回り、ロシア人とも、ウクライナ人とも、クリミア・タタールの人々とも軽々と交流し、多くの人から好感を持たれる。ところが、どこに行ってもそういう灰色の人物に無関心ではいられない人がいる。そのような人々にとってセルゲイは常によそ者であり、警戒されたり疎まれたりする。セルゲイ自身もそれを敏感に察知するため、どこへ行っても結局は居場所を見つけられず、ついには故郷のグレーゾーンへ帰っていく。この作品は作者のクルコフが実際にグレーゾーンへと何度も足を運び、取材をして書いたもので、当時のウクライナ東部の問題を描き出す描写も多くみられる。

おわりに――多様な声

このようにして二十世紀以降のウクライナ文学は幾度もの政治的危機と密接に関連しながら存在してきた。その段階において、ロシア語とウクライナ語という言語の観点からみたときに前提として留意しなければならないのは、現在の政治的状況においてときに過度に強調されがちな（政府側からの）「弾圧」と（上からの）「ロシア（語）化」は、決して常に結びつくものではなく、ときにはソ連政府の政策によって、ウクライナ語が習得できなければ弾圧されたり、もともとロシア語が母語であった洗濯婦がウクライナ語でレポートを書かされたりといった「上からのウクライナ化」が広範におこなわれ[19]、その後ふたたび逆の「上からのロシア化」が訪れる、その繰り返しのなかで、膨大な数の人々が母語やいったん覚えた言語を強制的に変えさせられてきた歴史である。また、ロシア語とウクライナ語という非常に近い言語が当然の帰結として混ざりあった結果であるスルジクに対する批判キャンペーンもまた、自然に話されている言語への弾圧の一環であった。

ソ連崩壊後のウクライナ文壇で盛んに議論されたテーマのひとつに、「世代による政治性の違い」というものがある。これは大きく分けるなら、一九六〇年代の雪どけ期にみられるような社会・政治に対する改革を担おうとする積極的姿勢を引き継ぐ文学の流れと、一九八〇年代のソ連崩壊へ向けた文学にみられる、政治に対する風刺や意図的な非政治性といった（意図的な非政治性がまたひとつの政治的態度であることも含めた）姿勢の違いについての議論であり、当時、新世代のウクライナ文学は比較的後者の道へと進んでいくかのようにも思われた。

しかしクリミア併合以降になると、ロシア・ウクライナ政府間の対立とそれにともなう言語的立場を考慮することなしに文学を語ることが難しい社会になっていく。その対立が決定的になってしまったのが、二〇二二年二月以降の社会状況であったといえよう。

そしていま現在も血が流され続けている状況のなかで、ウクライナ文学にかんする議論はときに、「どんな言語で書くべきか」「なにを正典とみなすべきか」という論点で白熱しがちな危うさを持っている。しかしこれまでの歴史がもっとも有弁に語るものは、それが何語から何語へであれ、人がもともと話していた言語を無理に「矯正」し「正しい」言語への統一をはかるという暴力的政策と、そこからの逸脱に対する弾圧の恐ろしさであることを忘れてはならない。

二〇二二年、空爆下のハルキウから子供二人を抱えてブルガリアへ避難した、ウクライナのロシア語絵本作家オリガ・グレベンニクは、『戦争日記』（渡辺麻土香、チョン・ソウン訳、河出書房新社、二〇二二年）に「わたしは民族で人を分けない。人を定義するのは、民族ではなく行動だからだ」と記し、ロシア語で作品を書き続けている。ウクライナ文学の声は決してひとつではないし、むろんウクライナ政府の声を異口同音に代弁するものでもない。ウクライナ語もロシア語もスルジクも、ポーランド語も、公用語とはなっていないそのほかの言語も、いっときの政権とは異なる政治的立場も含めて、その多様な声を認めるとき、ウクライナ文学は新たな局面を見せてくれるのだろう。

注

(1)「粛清されたルネサンス」とも訳されている。原田義也「現代のマドンナは何を祈るか――リーナ・コステンコの詩的世界」『明治大学国際日本学研究』第十巻第一号、一一八～一一九頁。

(2) *Лавріненко Ю.А.* Розстріляне Відродження. Антологія 1917-1933. Поезія – проза – драма – есей. Париж-Мюнхен, 1959.

(3) *Лавріненко.* Розстріляне Відродження. С. 7.

(4)『銃殺された文芸復興』はイェジー・ギェドロイツ（一九〇六～二〇〇〇）らがポーランド国外で創設した「文学研究所」から刊行、「クルトゥラ叢書」（Biblioteka Kultury）の第三十七巻にあたる。

(5) *Лавріненко.* Розстріляне Відродження. С. 11-12.

(6) テリー・マーチン／半谷史郎監修／荒井幸康ほか訳『アファーマティヴ・アクションの帝国――ソ連の民族とナショナリズム、一九二三年～一九三九年』明石書店、一一〇～一一四頁。

(7) マーチン『アファーマティヴ・アクションの帝国』一一七～一二四頁。

(8) マーチン『アファーマティヴ・アクションの帝国』二六五～二六七頁。

(9) マーチン『アファーマティヴ・アクションの帝国』二五～二八頁。

(10) マーチン『アファーマティヴ・アクションの帝国』三一〇～三一一頁。

(11) マーチン『アファーマティヴ・アクションの帝国』三七六～三七八頁。

(12) *Лавріненко.* Розстріляне Відродження. С. 393-442, 798-831.

(13) *Лавріненко.* Розстріляне Відродження. С. 122-135, 832-836.

(14) *Лавріненко.* Розстріляне Відродження. С. 127-128.

(15) *Лавріненко.* Розстріляне Відродження. С. 443-456.

(16) *Лавріненко.* Розстріляне Відродження. С. 479-556.

(17) *Лавріненко.* Розстріляне Відродження. С. 15-59.

(18) *Неборак В.В.* Введення у Бу-Ба-Бу (хронопискінця тисячоліття). Львів: Класика, 2001.

(19) マーチン『アファーマティヴ・アクションの帝国』一一五〜一二四頁。

ポーランド

第五章　ポーランド人であること、になること、させられること

――ニーチェからゴンブローヴィチへ――

西成彦

I

戦後の日本で「抵抗」といえば、ドイツ軍占領下のフランスで展開され、最終的には「ファシズムのくびきからの解放」という形を取って実を結んだ「レジスタンス」を指すことが多かった。ヴェルコールの『海の沈黙』*Le Silence de la mer*（一九四二）は、河野与一・加藤周一訳（岩波現代叢書、一九五一）が広く出まわり、戦後生まれの私などは「現代国語」の教科書のなかでこれにふれた。

ただ、一九七〇年代以降、ポーランド研究を志すようになった私は、愛国者たちの圧政との闘いは、「蜂起」powstanie（語感的には英語の uprising、フランス語の soulèvement に近い）の積み重ねであり、それは「蜂起」にむけて内外の同胞とのあいだで息をひそめて反撃の機をうかがう「謀議」konspiracja の歴史でもあったという印象を植えつけられた。

スターリン主義の呪縛が少しは解けた「雪解け」Odwilż の時代に相次いで発表されたアンジェイ・ヴァイダ（一九二六～二〇一六）の『地下水道』*Kanał*（一九五七）が描いたのは、一九四四年夏の対独蜂起だが、『灰とダイヤモンド』*Popiół i diament*（一九五八）は、その「ワルシャワ蜂起」の生き残り（地下暮らしが長かった主人公は、サングラスが手離せない）が「解放軍」が敷こうとする社会主義体制に対抗すべく、共産党側の重鎮暗殺に手を染める話だ。

東欧に関していえば、「抵抗」は、さまざまな圧政（圧政の予感）との闘いの数々のねじれや分岐を含んだ連鎖を意味するのである。『灰とダイヤモンド』のなかで、エヴァ・クシジェフスカ（一九三九～二〇〇三）が歌っていた「モンテ・カシーノの紅い芥子」Czerwone maki na Monte Cassino は、ソ連領内で結成され、パレスチナ経由でイタリア戦線に投入されたアンデルス軍団の勇敢さを讃える歌だが、その残党の多くが、戦後の人民共和国への帰国を望まず、在外ポーランド人社会を構成することになったこともあり、ドイツ軍占領下で歌われ、人民共和国時代になると「禁じられた歌」zakazane piosenki としてもてはやされた狭義の「愛国歌」とは違い、むしろ、人民共和国（ＰＲＬ）体制への「抵抗歌」のひとつとさえみなされた。それを敢えて映画のクライマックス場面に配置して、ショパン（一八一〇～四九）の「軍隊ポロネーズ（イ長調）」と一対をなすように配置したヴァイダの挑発は、あの映画の味わいどころのひとつなのだ。

もっとも、人民共和国時代に公認された「禁じられた歌」のなかでも、ロマン・シレンザク（一九〇九～六八）が作詞した「しだれ柳の歌」Wierzby płaczące も、淵源をさぐれば、原曲はロシア人のワシーリイ・アガプキン（一八八四一九～六四）によって一九一二年に作られたもので、シレンザクがこれにポーランド語の詩を乗せたのは、一九三七年のことであった。また、同じ曲は、ソ連のパルチザンによっても替え歌が歌われ、さまざまなバージョンが、さまざまな言語で歌われた興味深い例だとして、工藤幸雄さん（一九二五～二〇〇八）が『ワルシャワ物語』で紹介しておられる。(1)

工藤さんといえば、ポーランド人がそれまで何世紀に渡って闘って来た「抵抗」の伝統を継承しつつ、ソ連邦主導の全体主義に対する労働者主体の新しい「抵抗」を試みた知識人から労働者までを巻きこむ自主管理労組「連帯」NSZZ Solidarność の支援者としても有名だったが、ポーランドの近現代史が、さまざまな形態をとった「圧政」に対する数々の「抵抗」に彩られていることを、私はまず一九七〇年代後半の工藤さんのお仕事から教わった。

他方、私がポーランド研究に最初の一歩をふみ出した時代は、ソルジェニーツィン（一九一八～二〇〇八）の亡命が大きな話題となり、勁草書房から『ロシヤ抵抗文集』というシリーズが刊行された時代でもあった。そして、こちら側の動きを牽引されたひとりが、みずからのシベリア抑留経験をふまえて、批評活動を行われていた内村剛介さん（一九二〇～二〇〇九）で、私は一九七〇年代のなかばに古書店で手に入れた『生き急ぐ』（一九六七）からどれだけ多くのことを学んだことか。いまでもその時代が懐かしい。

以下に引くのは同書の「作者の状況メモ」（一九六七年七月十八日の日付入り）のなかのくだりである。

ソビエトの抑圧装置であるところの監獄ないしラーゲリは近世以降のロシヤの〝進歩〟が一九三〇年代に到達しえた現代の奴隷制なのであって、そのメカニズムは史上の蓄積を踏まえてそれを消化し、精巧をきわめている。またそれだけにシニックでもある。だが、著者は信じている——ラーゲリや監獄に監禁されている者はその肉体が奴隷なのであり、逆に、それを監視する者はその精神が奴隷なのである、と。つまり肉体を拘禁され監視される囚人は精神の奴隷であるところの看守を監視し、その精神を拘禁しているのである。肉体の奴隷の中には精神を奴隷にしてはならぬという不断のたたかいがあった。(2)

ソ連・東欧圏諸国での全体主義との闘いは、敵を同じうしていたし、それこそボルシェヴィキ革命から逃れて最終的にはパリで客死することになるレーミゾフ（一八六六〜一九五七）を慰めようと、あやうくカチンの森で虐殺されていてもおかしくはなかったのを、奇跡的に生き延び、戦後はフランスに身を置いたユゼフ・チャプスキ（一八九六〜一九九三）がその家を訪ねていったというようなエピソードもあったという。(3) 全体主義との闘いは国内外の連携もさることながら、同じソ連・東欧圏の人々の民族を越えた「抵抗」を促してもいたのである。ドイツ軍占領下のフランスで、東欧系ユダヤ人やアルメニア人が手を取り合ったように。

一九八九年に生じた将棋倒しのような「解放」の動きは、長い歴史の流れのなかで縦横に織りなされていった「連帯」なしにはありえないことだったとも言えるだろう。

II

そんな歴史の流れを肌で感じ取りながら、ヴィトルド・ゴンブローヴィチ（一九〇四〜六九）を研究対象とし、かれこれ半世紀近くを歩んできた私は、そのつど、ポーランド人にとって「抵抗」とは何だったのかをゴンブローヴィチとともに考える日々を重ねてきた。

ということで、ここでは、簡単にゴンブローヴィチの生涯を追いかけながら、彼が「彼自身」であるためにどのような「抵抗」を試みてきたか、そして「自分自身」であろうとするだけで、ひとはいかに周囲からの「圧迫」と闘わなければならないものなのかを考えたい。

日露戦争の開戦から半年ほどへた一九〇四年の八月、ロシア領ポーランドに生れたヴィトルドは、貴族の血を引く裕福な家に生まれたこともあって、おもに家庭教師を介した教育を施され、自由な気性を身につけて育ったが、第一次大戦期でポーランド一帯が戦場になったなか、ワルシャワのギムナジウムに入学した彼は、学校教育の民族主義的性格に度肝を抜かれる。そして、一九一八年十一月、はれて祖国ポーランドは政治的独立を回復し、しかも王政復古という形ではなく、共和制を敷く国民国家としての再生に一歩を踏み出した。しかし、後にアルゼンチン時代に食いつめて、ニューヨークで一九四九年に立ち上げられ、ミュンヒエンに拠点を置いた「自由ヨーロッパ放送局」向けに準備した原稿（それは一九七七年に『ポーランド回想』*Wspomnienia Polskie* の題で単行本化された）のなかで、当時の心境をこうふり返っている。

これでなんだかポーランド的な醜悪さから解放される可能性が仄見えてきた気がした。これにはほとほと悩まされ通しだったのだ。(4)（czułem, że zarysowuje się w dali jakaś możliwość wyzwolenia się z brzydot polskich, które mnie męczyły.）

しかし、こうした「解放感」も束の間、マグデブルクの要塞から解放されて、独立ポーランドの舵取り役をになうに至ったユゼフ・ピウスツキ（一八六七～一九三五）は、「ポーランド分割」によって失われた領土の回復をめざして、「西プロイセン」や「高地シロンスク」の奪回を要求したと同時に、ボリシェヴィキ革命後、いちはやく独墺軍と講和を結び、独墺軍の捕虜をまで軍勢に加え、新秩序の確立に乗り出した革命勢力（その制圧を極東一帯で画策したなかに日本があった）に戦いを挑むべく、時にはウクライナ民族派のセメン・ペトリューラ（一八七九～一九二六）とさえ手を組み、一時はキエフ（キーウ）の軍事占領までなしとげた。しかし、それから局面は一転し、一九二〇年夏のワルシャワ近郊での攻防戦で勝利を収めたからよかったものの、赤軍にポーランドの労働者が希望を見出していたら、共和国それ自体の存続さえ危ないところだった。

そんななかで、祖国独立を言祝ぐ祝祭的な気分は、結果的に、反共のみならず、赤軍やポーランド共産党員の多くがユダヤ人からなっているという情報に操られる格好で、極端なまでの反ユダヤ主義を内包するに至ったのだった。

そのユダヤ・コミュニズム（Żydokomuna）からポーランドを守ろうとした戦いで、戦場に赴く義勇兵となる道は選ばず、前線への支援物資や差し入れの郵送品選別の奉仕活動でなんとか面子を保ったらしいヴィトルドは、『ポーランド回想』にこうも書いている。

一九二〇年というこの年がぼくを、社会のはじっこに生きる孤立した存在、「みんなとは違う存在」

> に変えたのだった。（Ten rok 1920-ty uczynił ze mnie istotę, "nie taką jak wszyscy", wyodrębnioną, żyjącą na marginesie społeczeństwa.）（WP, 38）

そして、一九二一年、ワルシャワ大学の法学部に入った彼は、そこで想像以上にユダヤ系の学生が自分の周囲に多いことに気づいたのみならず、気の合う友人の多くがユダヤ系だったことに気づくことになる。そして、その後、彼は作家への道を歩み始めるが、当時から四十年を経た後の述懐として、彼はこんなふうに書くようにさえなる。

> ユダヤ人はいつだって、そしてどこにあっても、ぼくの文筆活動に最初に理解と共感を示してくれた。（Żydzi zawsze i wszędie byli pierwsi w zrozumieniu i odczuciu mojej pracy literackiej.）（WP, 138）

そしてはじめての長篇小説となった『フェルディドゥルケ』*Ferdydurke*（一九三八）は、彼自身がギムナジウムで受けた愛国主義の洗礼が、国民国家のデフォルトになってしまう現状を描いた痛烈に皮肉のきいた「学園もの」を前半部に置いているが、そこでの優等生（シフォン）と不良（ミェントゥス）の対立を、後に批評家ヤン・コット（一九一四〜二〇〇一、彼は「割礼を受けてはいなかったが、ナチス基準では「ユダヤ人」だった）は、ワルシャワのアーリア人地区で戦争を生きのびた時代をふり返った文章のなかで、ユーモラスに引き合いに出している。

ミウォシュがその頃ワルシャワにいるということは知っていたが〔中略〕何かのパーティーで大勢が集まった時〔中略〕外出禁止時間に突入するや、出口も終わりもない、長い酒宴と化した。朝方目が醒めて、水を飲もうと台所へ行ってみると、ミウォシュとアンジェイェフスキが並んでうずくまっていた。二人は互いにしかめッ面を作って見せあっていた。まるでゴンブローヴィチの『フェルディドゥルケ』に出てくるシフォンとミェントゥスのように――(5)

ヤン・コットにかぎらず、後の社会学者ジグムント・バウマン（一九二五〜二〇一七）なども、ゴンブローヴィチの批評精神からどれだけ多くを学んだことだろうか。近代社会のなかで、人間が「一個人」でいるということは何を意味するのか。そして、そうしたよき理解者、よき後継者の多くがユダヤ系知識人であったことは、おそらく偶然ではない。

III

そして、一九三九年八月、スペイン内戦以降、緊迫の度合いを高めていたヨーロッパ情勢を尻目に、ポーランド客船の大西洋横断を記念して、ポーランドを代表する作家の一人として乗船の機会を与えられたゴンブローヴィチは、滞在中のブエノスアイレスで、一九三九年九月一日の未明を迎えることになる。アルゼンチンには、小さいながらも結束の固い「ポーランド社会」が成立しており、まだ三十五歳だったゴンブローヴィチは、義勇軍に参加できるかどうかを決める徴兵検査に出頭したと本人は言っているが、最終的に、彼は「ポーランド社会」から距離をとりながら、大戦期をやり過ごすことになる。小説

『トランス＝アトランティク』*Trans-Atlantyk*（一九五三）も戯曲『結婚』*Ślub*（スペイン語版、一九四七）も、その時代を扱っているものの、リアリズムから大きく踏み外した作風であるため、その時代のゴンブローヴィチのことは、いまなお多くが謎に包まれている。

しかし、戦後の冷戦体制確立期に、ブエノスアイレスのポーランド大使館や祖国への送金を取り仕切るポーランド銀行との距離の取り方、パリやロンドンの知識人が示した反共的姿勢との距離の取り方に彼が悩み続けたことは明らかで、彼が『トランス＝アトランティク』や『結婚』を出版するにあたって、パリの文芸出版局（Instytut Literacki）を選び、旧ロンドン亡命政権の残党が影響力を行使していたロンドンのポーランド知識人との関係を重視しなかったのも、それなりの判断の結果だっただろう。ゴンブローヴィチは、人民共和国を共産主義が制圧していることに対する反発もさることながら、在外ポーランド人社会が、いわゆる「遠隔地ナショナリズム」の温床になっていたことにも反発し続けていたのだ。『トランス＝アトランティク』のなかに、ひとりのゲイが登場してポーランド人の美少年に目をつけて、主人公に仲介を依頼してくる場面があるのだが、そこにこんな言葉が出てくる。

「あんた、口癖のように祖国、祖国って言うけれど、それってなんなの？　それより孫国の方がステキじゃない？」(6)（A po co tobie Ojczyzna? Nie lepsza Synczyzna?）(7)

こうしたタイプの皮肉は、一九五三年以降、雑誌『クルトゥーラ』*Kultura* に連載していた「日記」の次の一節にも見出される。

いつかぼくはポーランド人どうしが結集して気勢を上げる集会のひとつに出たことがある。みんなで「ロータ」[8]を歌い、クラコヴィヤクを踊ったあと、講演会に移った。講演者は、「われわれはショパンを輩出した」だの（…）（Kiedyś zdarzyło mi się uczestniczyć w jednym z tych zebrań poswięconych wzajemnemu polskiemu krzepieniu i dodawaniu ducha... gdzie, odśpiewawszy Rotę i odtańczywszy krakowiaka, przystąpiono do wysłuchiwania mówcy, wysławiał naród albowiem “wydaliśmy Szopena (...))[9]

IV

その後、「雪解け」の時代に、『バカカイ』『フェルディドゥルケ』の再刊、『トランス＝アトランティク／結婚』の国内版の刊行、『ブルグント公女イヴォナ』*Iwona księżniczka Burgunda*（雑誌媒体への初出、一九三八）の単行本化などが一時的に実現したものの、ふたたび国内の媒体での作品発表の機会を奪われたゴンブローヴィチは、その名声を高めることに熱心だったフランスの友人たちとのつながりを深め、同時代のフランスの思想界を席巻していた実存主義や構造主義と、みずからの人間哲学の親近性を自分から強調していくようになる。

二〇一九年の作家没後五十周年を経て、その遺産相続人でもあったリタ・ゴンブローヴィチ（一九三五〜）は、「彼は自由なポーランド人でいたがっていました。自分は歴史によってとことんまで追いつめられたポーランド人なんだ、が口癖で」（chciał być wolnym Polakiem. Często mówił, że jest Polakiem doprowadzonym przez historię do ostateczności）と語った[10]が、ゴンブローヴィチは生前から、こんなふうに語ってもいた。

あるアルゼンチンの家にお茶に呼ばれたとき、こんなことがあった。同席したポーランド人の知人がいきなりポーランドのことを話しはじめた。話題に上ったのは、言わずとしれたミツキェーヴィチ、コシチューシュコそしてヤン・ソビェスキとウィーン近郊での防衛戦の話である。アルゼンチンの聴衆はその熱弁に鄭重に耳を傾け、「ニーチェやドストイェフスキイは、そもそもポーランド人だ」とか、「わが国にはシェンキェーヴィチとレイモントという二人のノーベル賞作家がいる」といった内容の話を、ふむふむと聞いていた。（Dz, 14）

この箇所を読んで、一九七〇年代の私は、ドストイェフスキイ（一八二一〜八一）はさておき、ニーチェ（一八四四〜一九〇〇）が「そもそもポーランド人」とは何事かと思ったのだが、調べてみると、ニーチェは「私は子供心にも自分がポーランド人を先祖に持つことに少なからぬ誇りを感じていたことを否定しようとは思わない」（Ich will nicht leugnen, daß ich als Knabe keinen geringen Stolz auf diese meine polnische Abkunft hatte）[11]というような発言をくり返していたと分かった。

普仏戦争の勝利をドイツ帝国の再建（新しい「神聖ローマ帝国」）に結びつけた時代にニーチェが、「ポーランド人を先祖に持つ」ことに救いを見出したとしても、大衆迎合を嫌うニーチェならではの判断に基づいただろうし、国としての「ポーランド」を持たなかった時代の「ポーランド人」が、そのことに苦しんでいたばかりでなく、国を持たずとも「ポーランド人」でいつづけられることに自負を覚えていたことも想像がつく。

ただ、人民共和国の全体主義だけでなく、在外ポーランド人の愛国主義に対しても違和感をおぼえていたゴンブローヴィチは、自由気ままに「ポーランド人である」と口にしているわけにはいかなかった。そんなときに、「ユダヤ人は他者からユダヤ人だとみなされた人間である。他者のまなざしこそがユダヤ人をユダヤ人にする」（Le juif est un homme que les autres hommes tienne pour juif）[12]という言葉を残したサルトル（一九〇五〜八〇）や、「ひとは女に生まれるのではなく、女になる」（On ne naît pas femme, on le devient）[13]という名言を残したボーヴォワール（一九〇八〜八六）のなかに、ゴンブローヴィチがみずからの隣人を見出したことは確かだろう。

また『ポーランド回想』のなかで、彼はこう語ってもいた。

ぼくは、このぼくをもはやポーランド的なぼくではなく、要するに人間的なぼくでいられるような、もっと深いところに探し求めなければならなかった。(trzeba mi było poszukać mojego "ja" głębiej tam, gdzie ono już nie było polskie a po prostu człowiecze.)（WP, 118）

「彼は自由なポーランド人でいたがっていました」とは、そういう意味で理解するのが妥当だろう。

また、『隔週文芸』*Quinzaine Littéraire* でのインタビュー形式の記事のなかで「私は世界に先駆けて構造主義者だった」J'étais structuraliste avant tout le monde と豪語し、「ひとはもはや動かず、動か（さ）れるし、話さず、話さ（せら）れる」（On n'agit plus, on est agi, on ne parle plus, on est parlé）と語ったベルナール・パンゴー（一九二三〜二〇二〇）に同調するかに見せかけて、自分は戯曲『結婚』のなかに次のような台詞を書きこんでいたと胸をはるのである[14]――「私たちが言葉を話すのではなく、言葉が私たちを話すのだ（to nie my mówimy słowa, lecz słowa nas mówią（T/S, 246)）」と。

こんなゴンブローヴィチが、さらに一九五〇年代には、フランスのヌーヴォーロマンを意識したかのような『ポルノグラフィア』*Pornografia*（一九六〇）を書いていたことにも目を向けておこう。

戦後、郷里に残った兄弟らとの文通が回復して、ドイツ軍占領下のポーランドがいかに混乱した状態にあったかを知ったゴンブローヴィチは、バタイユやクロソフスキのような「ポルノグラフィー」をめざすと見せかけながら、ポーランドに根強いカトリシズムや反ユダヤ主義をも俎上に乗せ、さらには戦時下のポーランド人パルチザンが、単なる親ソ的な「人民軍」（AL）とロンドン亡命政権の指示を受けた「国内軍」（AK）に分りやすく二分されていたわけではないことをふまえた上で、執筆にかかったのだった。

次のような箇所は、「国内軍」が反共的な愛国主義勢力だったと妄信している読者には、度肝を抜かれる挿話と映るだろう。

「〔AK兵士として家に仮住まいを求めてきていた〕シェミャンを消そうという話があってね」（…）またもや匂うのは、愛国的陰謀の芝居がかった陳腐なくさみである[15]（Chcą likwidować Siemiana（…）znów zaleciało teatralną sztampą patriotycznej konspiracji.）[16]

ただ全体主義的なイデオロギー支配に対抗するだけでなく、「反＝全体主義」の動きのなかにも「多方向性」があることをゴンブローヴィチは見抜いていた。在外ポーランド人社会を至近距離から観察していたからこその知見に基づく判断だっただろう。

そして、こうしたイデオロギー批判は、「記号論的整合性への抵抗」を試みた『コスモス』*Kosmos*（一九六五）にまで受け継がれ、フランスではヌーヴォーロマンの旗手のひとりとしてのゴンブローヴィチというイメージも強まるのだった。

V

こんなななかで「自由なポーランド人」であるというのは、どういうことなのか。

ポーランド語ではドイツ語の「意志」Wille に wola をあて、さらにドイツ語の「自由な」frei にも同一語源の wolny をあてる。したがって「自由意思」freier Wille（ラテン語の liberum arbitrium）をポーランド語に置き換えると wolna wola になる。

しかし、「新自由主義」という名の「奴隷制」が跋扈している世界のなかで、いま私たちには自分らがいかに「意志」を飼いならされているかを問い返すことが求められている。

そのときにニーチェが「豊かな生」Wohlleben（英語にすれば well-being）を追求し、その wohl（英語の well）が Wille と同じ根っこを持つ言葉だということは見逃すべきではないドイツ語ならではの特質だと思う。

そしてこの「豊かな生」はポーランド語に直しても wolne życie となる。ポーランド語の wolny には、「自由な」という以外に「ゆったりした」あるいは「鷹揚とした」といったニュアンスがあり、要するに「瑣事から自由な」という意味合いでも用いられる形容詞なのだ。

「自由」を求める動き、「自由」を行使することに大義を見出した社会運動や政治運動が、はたして「豊かな生」の実践でありうるか、「豊かな生」の実現に貢献するものでありうるか、そこがまさに問われているのが現代だ。

そんなときに「ポーランド人を先祖に持つことに少なからぬ誇りを感じていた」というニーチェ、「自分は歴史によって究極まで導かれたポーランド人なんだ」と言いながら、そんじょそこらのポーランド人と同列にあることを嫌ったゴンブローヴィチ、この二人は対照的というよりは、「ポーランド人」という属性（「称号」というべきか）を「豊かな生」（国家から、全体主義から、なべてイデオロギーの呪縛から自由な生）の実現に向けて役立てようとした二人として、まさに双璧だと私は思っている。

ひとりの「日本人」としてゴンブローヴィチの研究に入っていった私は「日本人」という記号が、「ポーランド人」と同じような使用法を可能にしてくれるとは思えず、そういう意味でも、ニーチェやゴンブローヴィチに羨望を覚えないではいられないのだが、「自由を求める抵抗」が逆にひとを「豊かな生」から引き剥がしてしまう危険性に充ち溢れているという危機感から、私たちはいつになったら「自由」になれるだろうか。

ロシアのウクライナ侵攻が世界をおおいつくしている憂鬱のなかで、真の「抵抗」とは何かを考えてみた。ドイツ軍占領下のフランスにおける「レジスタンス」に「抵抗」の規範を見出しているかぎり、私たちはいくら手を延ばしても「自由」、そして「豊かな生」を手に入れることはできないだろう。

いまロシア軍侵攻を受けて粘り強い「抵抗」をつづけているウクライナ人のかたわらで、ポーランド人も、そして私たちも、それぞれの持ち場での「抵抗」のあり方を模索している。これこそが模範だという「抵抗」などない。それどころか、時としては「模範」への合流を拒むことが「抵抗」である場合だってある。

いまロシアの国内外で、ウクライナの国内外で、ロシア人やウクライナ人のひとりひとりが、それぞれの「抵抗」に身を投じている。そのひとりひとりに敬意を表したい。

注

(1) 工藤幸雄『ワルシャワ物語』NHKブックス、一九八〇、一二。
(2) 内村剛介『生き急ぐ／スターリン獄の日本人』講談社文芸文庫、二〇〇一、二三八。
(3) 小椋彩「レーミゾフとポーランド」『POLE』91号、北海道ポーランド文化協会、二〇一七年四月、一四〜一五。
(4) Witold Gombrowicz, *Wspomnienia Polskie / Wędrówki po Argentynie*, Instytut Literacki, 1977, 35. 以下、同書からの引用は、ページ数はWPのあとにアラビア数字で表記する。
(5) ヤン・コット『私の物語』関口時正訳、みすず書房、一九九四、一〇五。
(6) ヴィトルド・ゴンブローヴィッチ『トランス＝アトランティク』西成彦訳、国書刊行会、二〇〇四、八九。
(7) Witold Gombrowicz, *Trans-Atlantyk / Ślub*, Instytut Literacki, 1953, 94. 以下、同書からの引用は、ページ数はT/Sのあとにアラビア数字で表記する。

(8) ポーランド第二共和国の建国期に「ドンブロフスキのマズーレク」Mazurek Dąbrowskiego（ユゼフ・ヴィビツキ作詞、一七九七）とともに「国歌」の座を争ったマリア・コノプニツカ作（一九〇八）の「われらが父祖の地は棄てぬ／われらが言葉を埋没させせぬ／われらポーランド民族、ポーランド人民／ピャスト王朝の末裔／敵のドイツ人化の企みに屈することなし／神よ手をお貸しください」(Nie rzucim ziemi zkąd nasz ród! / Nie damy pogrześć mowy! / Polski my naród, polski lud, / Królewski szczep Piastowy. / Nie damy, by nas zniemczył wróg / Tak nam dopomoż Bóg!) を指す。そして、この詩の第三連は「ドイツ人がわれらの顔に唾を吐くことはなくなるだろう／われらの子どもをゲルマン人化することも／心で武装したわが部隊には／コサック魂も宿ろうというもの／黄金の角が叫びをあげる日にわれらは発つ／神よ手をお貸しください」(Nie będzie Niemiec pluć nam w twarz, / I dzieci nam germanił. / Orężny sercem hufiec nasz, / Duch będzie nam hetmanił / Pójdziem, gdy zagrzmi złoty róg! / Tak nam dopomóż Bóg! とあり、この詩がドイツ領で急速に進められていた「ゲルマン人化」に業を煮やして書かれたことから、こうした表現が出て来ている。これはナチス・ドイツの「アーリア人化」に対する警戒心をも先取りしているともいえる。しかも、そこで「神」の助けを求めるのみならず、先頭に立とうとする「魂」duch の導きを「コサック化」hetmanić という一語で表現しているところが面白い。ドイツと闘うにあたって、ポーランド人は「コサック」の勇敢さにあやかろうとしているのだ。

(9) Witold Gombrowicz, *Dziennik 1953-1969*, Wydawnictwo Literackie, 2011, 12. 以下、同書からの引用は、ページ数はDzのあとにアラビア数字で表記する。

(10) „Napisz doktorat o mnie". Tak Gombrowicz poznał Ritę. Wywiad z wdową pisarza, in https://Viva.pl/ludzie/wywidy-vivy/wywiad-z-rita-gombrowicz-w-rocznice-smierci-pisarza-23109-r3/

(11) Friedrich Nietzsche, *Werke, Kritische Gesamtausgabe*, herausgegeben von Gigio Colli und Mazzino Montinari, Walter Gruyter, Berlin & New York, 1969 sq., V-2, 579.

(12) Jean-Paul Sartre, *Réflexions sur la question juive*, Gallimard, 1954, 84.

(13) Simone de Beauvoir, *Le deuxième sexe*, tome 1, idées/gallimard, 1976, 135.

(14) "J'étais structuraliste avant tout le monde", *L'Herne Gombrowicz*, Edition de l'Herne, 1971, 229.

(15) ヴィトルド・ゴンブロヴィッチ『ポルノグラフィア』工藤幸雄訳、河出書房新社、[新装版] 一九八九、一五一。

(16) Witold Gombrowicz, *Pornografia*, Instytut Literacki, 1970, 111.

第六章　チェコ抵抗精神の系譜――ヴァーツラフとヤン

石川達夫

ここでは、チェコ抵抗精神の主な系譜を辿ってみたい。チェコ抵抗精神と言っても、もちろん多くの事例があるので、特にヴァーツラフとヤンという名前を持つチェコ人たちに焦点を当てる。チェコ抵抗精神を代表するような人たちには、ヴァーツラフとヤンという名前が多いのである。

一　聖ヴァーツラフ（sv. Václav）（チェコ大公）（九〇七頃～九三五頃）

チェコ抵抗精神の主な系譜は、十世紀前半のチェコ大公ヴァーツラフに始まる。キリスト教がチェコに入って来て間もなく、まだ異教との確執があった時代に、キリスト教徒として育てられたヴァーツラフは、父の死後の権力争いの中で弟のボレスラフとその手下によって殺害された。

ヴァーツラフは早くから崇敬の対象となり、既に十世紀のうちに聖人とされ、チェコ最初期のキリス

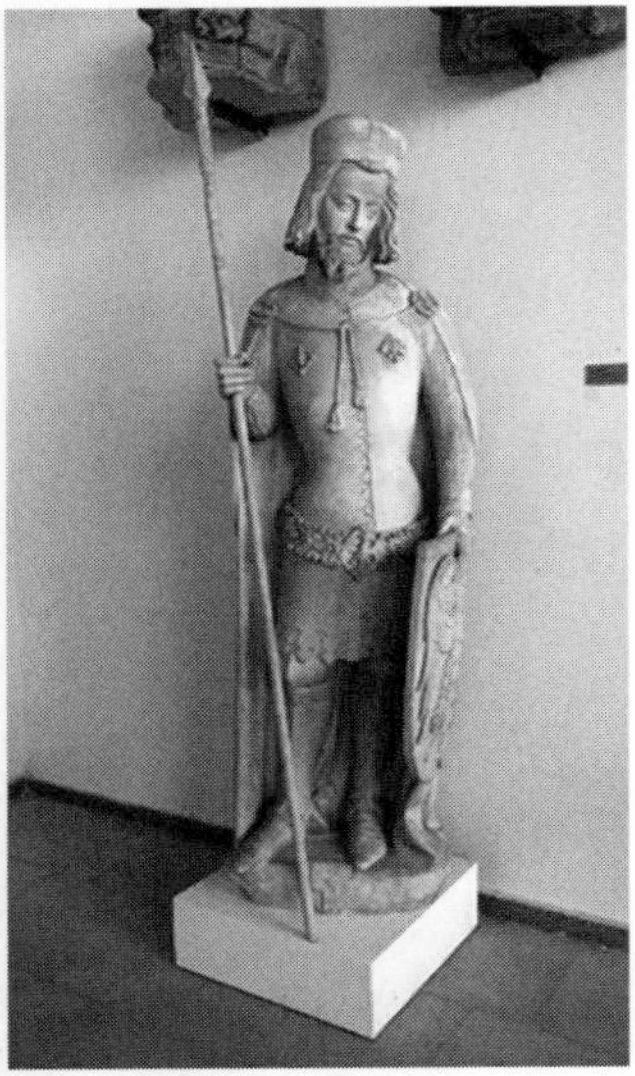

（右）ヴァーツラフ広場の聖ヴァーツラフ像（20 世紀前半[1]）
（左）聖ヴァーツラフ礼拝堂の聖ヴァーツラフ像（レプリカ）（14 世紀）（筆者撮影）

ト教の聖人にして、チェコ第一の守護聖人になった。

右は、聖ヴァーツラフ像のうち最も目立つ所にあるもので、聖ヴァーツラフの名を取ったプラハ中心部のヴァーツラフ広場に設置されたものである。

この像を見るとすぐに気づくが、聖ヴァーツラフは武器を手にした騎士の姿で造形されている。これは二十世紀前半の作品だが、左の、十四世紀のゴシック時代に造られた像も同じである。これは、カレル四世の時代にプラハの聖ヴィート・聖ヴァーツラフ・聖ヴォイチェフ大聖堂内部の聖ヴァーツラフ礼拝堂に設置された聖ヴァーツラフ像のレプリカである。

このように、聖ヴァーツラフはしばしば、武器を手にした騎士として、つまり中世の三身分で言えば「戦う人」として表象されている。

聖ヴァーツラフ崇敬はチェコの外にも広まり、古代（キエフ）ルーシにまで伝わったが、興味深いのは、このチェコ最初期の聖人が、古代ルーシ最初期の聖人であるボリース（ボルィース Борис）とグレープ（フリーブ Гліб）の聖人伝の中で対比的に言及されていることである。

キエフ大公ウラジーミル（ヴォロディームィル Володимир）一世（位九八〇頃～一〇一五）は十世紀末にキリスト教を受け入れたが、彼の死後、キエフ大公位をめぐって、息子のスヴャトポルク（Святополк）（位一〇一五～一九）が、弟であるボリースとグレープを暗殺した。二人は、兄弟どうしの流血の争いを避けるために無抵抗の死を甘受したとされ、後に正教の聖人として列聖された。『ロシアの宗教精神』の中で、フェドートフは次のように述べている。

（ロシアの伝記において）聖ヴァーツラフの名を挙げる意味は、ただ、根本的な相違を強調するためである。［…］ヴァーツラフの死自体、自発的なものとは、決して言えない。弟が剣を持って彼に襲いかかって来たとき、彼は騎士として、弟から武器を取り上げ、弟を地面に倒す。そして、ちょうど走り寄ってきた共犯者たちが、教会の入口で彼を殺すのである。(2)

つまり、聖人伝の中で、抵抗した末に殺されたヴァーツラフと、無抵抗の死を選んだボリースとグレープが、対比されているのである。先に、聖ヴァーツラフの特徴が「戦う人」であることを指摘したが、ボリースとグレープの特徴は、逆に「戦わない人」なのだ。

聖人伝における二つの事例の対比は、不当な攻撃を受ける時に——しかも兄弟のように近い間柄の相手からの攻撃に対して——いかに対処すべきか、武器を取って防衛するべきか、力を用いずに無抵抗でいるべきか、という問題に対する答えとして、ヴァーツラフ的な抵抗主義と、ボリースとグレープ的な無抵抗主義という、二つの典型が早くから意識されていたことを示している。

更に言えば、ヴァーツラフの行為が「正当防衛」の肯定と「過剰防衛」の否定という西欧的な考え方に繋がるのに対して、ボリースとグレープの行為は「正当防衛」そのものの否定に繋がると言えよう。(3)

聖ヴァーツラフと、次に触れるヤン・フスは、チェコ抵抗精神にとっての基本的な二つの核となり、有事の際などに繰り返し立ち戻る原点にして支えになったと言える。例えばカレル・チャペックは、チェコスロヴァキアがナチス・ドイツの軍隊に占領された後、死の一週間前の一九三九年十二月十八日に「聖ヴァーツラフ（Svatý Václav）」という一文を『人民新聞（Lidové noviny）』に発表し、聖ヴァーツラフは我々の父祖にとって「我々の国家権を守る闘いの軍旗にして象徴（korouhev a symbol našeho státoprávního boje）であった」と記し、「聖ヴァーツラフを範としよう」と訴えている。(4)

二　ヤン・フス（Jan Hus）（一三七〇頃〜一四一五頃）（宗教改革の先駆者・カレル大学自由学芸学部長・総長）

プラハで最も目立つ所にある彫像と言えば、先ほどのヴァーツラフ広場にある聖ヴァーツラフ像と、やはりプラハ中心部の旧市街広場にあるヤン・フス（群）像だが、そのことが、この二人がチェコ人に

（上）旧市街広場のヤン・フス（群）像（1915 年）（筆者撮影）
（下）ヤン・フスの火刑（1500 年頃）(5)

とってどのような存在であるかを良く物語っている。

ただし、前頁上の旧市街広場にあるヤン・フス（群）像は、フス火刑五百周年に当たる一九一五年に設置されたもので、すっくと立つフスの勇姿は、当時のチェコ・ナショナリズムの高揚を反映している。十四世紀初頭にフスがカトリック教会から異端者として火刑に処せられた後、ヨーロッパに流通したのは、それとは違って、下のように、悪魔の帽子を被せられて火に焼かれるフスの表象だった。

フスは、当時のカトリック教会の正統派とは異なる見解を持ち、教会とローマ教皇を批判した。彼はプラハのベツレヘム礼拝堂の説教者、カレル大学自由学芸学部長、更に総長となり、チェコの人々に大きな影響を与えた。ここでフスの教えに立ち入る余裕はないが、ここで焦点を当てたいのは、フスが「死に至るまで真実を貫け」と、人々に説いたことである。フスは「信仰の解釈」（一四一二年）の中でこう述べている。

真実を求めよ、真実に聴けよ、真実を学べよ、真実を愛せよ、真実を語れよ、真実につけよ、真実を守れよ、死に至るまで。

hledaj pravdy, slyš pravdu, uč sě pravdě, miluj pravdu, prav pravdu, drž pravdu, braň pravdy až do smrti.(6)

フスは、コンスタンツの公会議で自説を撤回するように強く迫られたが、それを断固として拒否したため、異端者として火刑に処せられた。

威嚇に屈服して真実を曲げてでも生き延びるか、それとも屈服せずに、たとえ殺されるとしても真実を貫くかという問題に関して、フスは明確なメッセージを残したわけだ。このメッセージを後の時代のチェコ人たちは、自分なりに受け取ってきたと言える。

例えば哲学者カレル・コシーク（コスィーク）（Karel Kosík）（一九二六〜二〇〇三）は、全体主義に対する抵抗の重要な思想的源泉をフスに見出した。一四一五年の公会議においてフスに対して、「おまえには二つの目があったとしても、公会議が一つしかないと宣言したら、そうだと認めるのがおまえの義務だろう」と言った神学者に対して、「理性を持つ自分は良心の抵抗なしにそれを認めることはできない」と答えたフスの言葉を引用しながら、コシークは、理性と良心の一体性から成る人間の基本的な真実を失うと、人間は基礎のない人間、本当のニヒリストになると主張している。(7)

三　ヤン・イェセンスキー（Jan Jesenský）（ラテン語名イェセニウス Jesenius）（一五六六〜一六二一）（医学者・人文主義者・カレル大学医学部長・総長）

フスの火刑の後、チェコではカトリック派とフス派との確執が高じて宗教戦争に至り、フス派が勝利することで、その後約二百年間にわたってプロテスタントが優位に立つ。十七世紀初頭には、チェコ王・神聖ローマ皇帝ルドルフ二世によって「信教の自由に対する勅許状」が発布されて、個人のレベルでの信教の自由が認められた。しかしながら、イエズス会を中心として巻き返しを図ったカトリック派が、この勅許状に違反するような暴挙に出て、ついには一六一八年にプラハでプロテスタント派のチェコ人たちがハプスブルク皇帝に対する反乱を起こし、プラハから三十年戦争が勃発した。しかし、この戦争の初期（一六二〇年）にチェコ・プロテスタント勢力が大敗を喫し、一六二一年にプラハ旧市街広場でプロテスタントの指導者たちが公開処刑された。

その中には、ヤン・イェセンスキー（ラテン語名イェセニウス）（一五六六〜一六二一）も含まれていた。彼は優れた医学者・哲学者で、カレル大学医学部長から総長になった。彼は、ヤン・フスに続いて、処刑された二人目のカレル大学総長となったわけだ。彼は雄弁で、処刑台に上っても喋り続けていたため、先に舌を切られ、それから両手両足、そして首を切られたという。

プラハ旧市街広場の市庁舎の前の舗道には、一六二一年にここで処刑された人たちを示す十字架が墓標のように埋め込まれ（写真右）、市庁舎の外壁には、彼らの名前を記した記念板が設置されていて、そこにはイェセンスキーの名前もある（写真左）。

ちなみに、イェセンスキーの子孫には、同じくヤンという名前を持ち、カレル大学医学部教授になった人たちがいる。フランツ・カフカの恋人として知られるミレナ・イェセンスカー（Milena Jesenská）（一八九六〜一九四四）はイェセンスキーの子孫で、同じくヤンという名前を持つ父はやはりカレル大学医学部教授、一人娘のミレナもカレル大学医学部に入学した。後にジャーナリストとなった彼女は、反ナチス活動に加わったため逮捕されて、ナチスの強制収容所で死亡した。同じくヤンという名前を持つミレナの従弟ヤン・イェセンスキー（一九〇四〜四二）はカレル大学医学部助教授だったが、やはりレジスタンスに加わってナチスの強制収容所で死亡した。彼らもチェコ抵抗精神の系譜に連なる人たちと言えるだろう。

（右）1621 年に旧市街広場で処刑された人たちを示す十字架（旧市街市庁舎前の舗道）（筆者撮影）
（左）処刑された人たちの名前を記した記念板（旧市街市庁舎外壁）（筆者撮影）。「JAN JESENSKÝ Z JESENÉHO. DOKTOR LÉKAŘSTVÍ A REKTOR UNIVERSITY（ヤン・イェセンスキー。医学博士にして大学総長）」とある。

四　ヤン・アーモス・コメンスキー（Jan Amos Komenský）（ラテン語名コメニウス Comenius）（一五九二～一六七〇）（チェコ兄弟教団最高指導者・思想家・教育学者）

プラハから始まった大宗教戦争である三十年戦争（一六一八～一六四八）は、中央ヨーロッパに甚大な被害をもたらしたが、この戦争がどのようなものだったかは、三十年戦争中に跋扈する獣人間を描いた絵が雄弁に表している。

この絵には様々なディテールが描き込まれていて、破壊される教会、半裸の女性と子供、その女性を突き殺そうと槍を振り上げている化け物などのおぞましい光景が描かれている。十七世紀の戦争の惨禍を描いたこの絵が完全に過去のものではないことを、私たちは知っている。この絵の中の武器を近代的なものに替えれば、現在の戦争の絵になりうるだろう。「戦争は人間の顔をしていない」、「戦争は獣の顔をしている」のだ。(8)そして、戦争の首謀者の顔は、みなこの獣人間の顔に似てくるのではないだろうか？

三十年戦争において敗北したチェコのプロテスタントは徹底的に弾圧されてほぼ完全に力を失うことになる。戦争に勝利してチェコ王の地位を世襲することになったカトリック派のハプスブルク皇帝によってプロテスタントの信仰が禁止され、チェコのプロテスタントはカトリックに改宗するか国外に亡命するかの選択を迫られ、多数のプロテスタント系住民が国外に去った。既に十七世紀のチェコにおいて、「亡命」が非常に大きな問題になったわけだ。

そのような亡命者のうちの一人に、ヤン・アーモス・コメンスキー（ラテン語名コメニウス）がいる。彼は、フス派から分離したチェコ兄弟教団という宗派に属していて、その最後の最高指導者になった。

30年戦争中に跋扈する獣人間（1630〜40年頃、チェスキー・シュテルンベルク[9]）

コメンスキーはチェコにいられなくなって国外に亡命し、祖国の復興と祖国への帰還を求めつつも、最後は異国の地アムステルダムで客死した。

コメンスキーは非常にスケールの大きな思想家で、多方面に多くの著作を著したが、彼は特に教育学に力を入れた。その理由は、以下のように『大教授学』（一六二七〜三八年。一六五七年出版）という著作から分かる。

現在私たちの中に、また私たち人間の営みの中に、なにか一つでも、本来あるべき場所にあるもの、あるべき姿をとっているものが、あるのでしょうか。どこにも、一つもありません。なにもかもさかだちし、乱れ切って、崩れ去り、滅び去って行くのです。私たちは、認識の能力を使って、天使に肩をならべるものにならなくてはいけなかったのです。ところが今はほとんどどの人の場合にも、途方もない愚かさが、この認識能力にとって代り、その結果、人間として必ず知っていなくてはならないものをなおざりにしている点では、獣と同じなのです。［…］

破滅した人類の救済策を立てなければならないとするならば、それはなによりもまず、青少年の、注意深い、用意周到な教育を通じてでなくてはならない、ということであります。［…］もし私たちが秩序のある、花開く教会と国政と家政とを望むのであったら、なによりもまず学校を秩序あるものにし、これに花開かせ、学校が本当の、生きた人間の製作場となり、教会と国政と家政との苗床となるようにしたいものです。(10)

つまり、三十年戦争という悲惨な戦争を経験したコメンスキーにとって、世界を復興するために必要なものが「青少年の、注意深い、用意周到な教育」だったわけだ。彼はまた、世界平和の実現を究極の目的とし国連の先駆的構想をも含む『人間に関わる事柄の改善についての総合的熟議』という、全七部から成る大部の著作を晩年にラテン語で執筆した。コメンスキーのこの大作の原稿をドイツの町ハレのフランケ孤児院の書庫で見つけるという大発見をしたのは、プラハのウクライナ自由大学、ハーバード大学、ハイデルベルク大学などの教授を務めたウクライナ出身の世界的なスラヴ学者ドミトロ・チジェフスキー（Dmytro Ivanovyč Čyževskyj）（ウクライナ語ではチジェウスィクィイ Дмитро Іванович Чижевський）（一八九四〜一九七七）だった。このコメンスキーの大作のうちの「普遍的覚醒」、「普遍的光」、「普遍的知恵」、「普遍的教育」、「普遍的改革」という五部が、日本のコメンスキー研究者の努力によって邦訳され出版されているが、(11)これもウクライナ人スラヴ学者の大発見があったればこそだ。

コメンスキーの生涯は、戦乱のさなかに逃避行を続け、長年書きためた原稿を戦火に焼かれ、国外に亡命して結局祖国に帰ることができないという苦境の中でも、文化活動を続けることはでき、世界の平和に繋がるような文化に貢献することはできる、ということを示している。

五　ヤン・オプレタル（Jan Opletal）（カレル大学医学部学生）（一九一四〜三九）

三十年戦争初期にチェコのプロテスタント勢力が敗北した結果、チェコはその後約三百年間ドイツ系のハプスブルク家に従属し、ようやく一九一八年の第一次大戦終了時にチェコスロヴァキア共和国が独立する。

しかし、それも束の間、僅か三十年で再び独立を喪失することになる。チェコスロヴァキアの領土の一部のナチス・ドイツへの割譲を認めた一九三八年の「ミュンヘン協定」と、翌一九三九年のナチス・ドイツによるチェコスロヴァキア侵略・支配の結果である。

当時のチェコスロヴァキア大統領ベネシュは、戦争をしかけて来るナチス・ドイツの軍隊に対して「戦わない」という決定を下して、自分は国外に亡命した。現在のウクライナのゼレンスキー大統領とは正反対のことをしたわけだ。それでドイツ軍は軍事的抵抗を受けることなく、あっさりとチェコスロヴァキア全土を掌握した。それで、一体どういうことが起こったのだろうか？

侵略の年の一九三九年、十月二十八日のチェコスロヴァキア共和国建国記念日にプラハで反ドイツ・デモが行われた。その際、デモに参加したカレル大学医学部学生ヤン・オプレタルが銃撃されて死亡した。そして、その後に行われたヤン・オプレタルの葬列には数千人の学生が参加し、それは再び反ドイツ・デモになった。その後に起こったことについては、チェコの作家ボフミル・フラバルが『十一月の嵐(Listopadový uragán)』という自伝的な作品の中で、以下のように、当事者としての貴重な証言を残している。

フラバルは当時、カレル大学法学部の学生だった。フラバルもヤン・オプレタルの葬儀に向かったが、その途中で友人に会い、酒場に行って夜遅くまで酒を飲んだ。そして、翌朝、遅れて大学に向かう。

翌日、私は大学に行こうとして午前十時過ぎに出ましたが、私の学部の階段を見たとき、何を目にしたことでしょうか——階段でドイツ帝国の兵士たちが学生たちを追いやって、銃床で背中を叩いていたんです。講堂と廊下から、更にほかの怯えた学生たちが走り出てきました。そして兵士たちは、建物に寄せた軍用車に、学生たちを次々と追い込んでいました。それから垂れ幕が上がって、兵士たちは、二台の満員の軍用車に跳び乗りました……。私は慄然として立っていました。もしも三十分早く来ていたなら、私もあの学友たちと同じ目に遭っていたことでしょう。車が動き出し、私の学友たちが「我が故郷はいずこ?」を歌うのが聞こえました……。そして私はもう、どういうことなのか分かっていました。[…]大学は閉鎖され、十一月十七日に十二人の学生が処刑され、学生寮で逮捕された千二百人の学生がザクセンハウゼンの強制収容所に移送されたんです……。[12]

銃をもって学生たちを大学の教室から叩き出して強制収容所へと連れ去ったナチス・ドイツの兵士た

ちに対して、無防備なチェコ人学生たちは文字通り手も足も出ず、全く抵抗できなかったことだろう。彼らにできたのは、自分たちの国歌「我が故郷はいずこ」を歌うことくらいで、それは一種の抵抗だったのではないだろうか？

ところで、ベネシュ大統領の「戦わない」という決断は、後に非常に問題視され、批判された。[13] 今、この問題に立ち入る余裕はないが、一点だけ指摘しておくと、「戦わない」という選択の方が「戦う」という選択よりも犠牲者が少なくて済むという保証はないということだ。ベネシュの「戦わない」という選択にもかかわらず、ユダヤ系住民は言うまでもなく、チェコ系住民と、更にはドイツ系住民にも厖大な犠牲者が出た。[14] あの時戦っていれば、第二次大戦はもっと早くに終結して、大戦全体の犠牲者はもっと少なくて済んだだろうという議論もある。もしもベネシュが戦わなければ犠牲者は多くは出ないだろうと考えたとすれば、それは希望的観測に過ぎなかったと言わざるをえないだろう。

六　ヤン・パラフ（**Jan Palach**）（カレル大学哲学部学生）（一九四八〜六九）

一九四五年の第二次大戦の終了と共にチェコスロヴァキアは再び独立を回復するが、僅か三年後の一九四八年に共産党が政権を掌握し、チェコスロヴァキアはソ連の強い影響下に置かれる。そして二十年後の一九六八年に「人間の顔をした社会主義」を目指した「プラハの春」の改革運動が起こるが、ソ連を中心としたワルシャワ条約機構の軍事介入によって改革は潰されて、非常に多くの人たちが地位や職を追われるなどして弾圧・迫害され、多くの国外亡命者も出た。

（右）燃える若者の像（ヴァーツラフ広場坂上）（筆者撮影）
（左）焼け焦げた十字架（ヴァーツラフ広場坂上）（筆者撮影）

当初、ソ連の軍事介入に強く抗議していた市民たちも、厳しい弾圧・迫害にあって次第に鳴りを潜めていく。そのような中で、カレル大学哲学部の学生だったヤン・パラフが、一九六九年一月の白昼、プラハのヴァーツラフ広場で抗議の焼身自殺を遂げた。やはりフラバルが『十一月の嵐』の中で、この事件について次のように書いている。

> 恐らく本当に神々はこの世界を見捨てしまったんです。ヘラクレスが去り、プロメテウスも去り、その上で世界が回っていた力が去り、最後の英雄としてここに残ったのは、燃える、燃える、燃える低木ではなくて、燃える若い学生で、その火あぶりの瞬間に、彼がまさにそうなった者だったということに、私は静かに涙を流していまし

> た。私は、もしもその瞬間に彼と一緒にいたなら、跪いて彼にお願いしたことでしょう——彼が燃えてくれるように、でも別のやり方で、言葉で燃えてくれるように、体になれるような言葉で、まだあの燃えていない人たちを助けるような言葉で燃えてくれるように、そして燃えるというなら、燃える精神によって、精神の中で燃えてくれるように、と……。けれども、それは起こってしまいました。［…］プラハで、子供の火遊びや煙草に火を点けるマッチ、そのマッチが、人間にある死すべきものすべてに火を点け、この国に外国の軍隊がいることに今でも抗議する人々に火を点ける記憶だけを残したんです。[15]

ヤン・パラフとヤン・ザイーツの写真入り記念板（ヴァーツラフ広場中央）（筆者撮影）

そして、このパラフの焼身自殺に続いて、次々と自殺の連鎖が起こった。同じくヤンという名前を持つヤン・ザイーツも、二月にやはりヴァーツラフ広場で焼身自殺を遂げた。ヴァーツラフ広場には、「ビロード革命」後に、二人のヤンの記念碑が設置された。

前頁右は、ヴァーツラフ広場の坂上に設置された、燃える若者の像で、左は、舗道に埋め込まれた、焼け焦げた十字架である。

上は、ヴァーツラフ広場中央に設置された、ヤン・パラフとヤン・ザイーツの写真入り記念板である。

同じヤンという名を持つヤン・フスが公開火刑に処せられ、火をつけて殺されたのだとすれば、ヤン・パラフは自らに火をつけて公開焼身自殺を行ったわけだ。これは一途な若者の抵抗精神の発露なのだろうが、その最も悲劇的な事例と言えるだろう。

七　ヤン・パトチカ（Jan Patočka）（哲学者・カレル大学教授）（一九〇七〜七七）

「プラハの春」の改革が挫折した後、チェコスロヴァキアでは「正常化」と呼ばれる非常に厳しい時代が訪れる。しかし、その中でも抵抗運動を続ける、いわゆる「反体制派」の人々がいた。彼らの活動のうち、特に重要なものとして、一九七七年一月一日に最初の文書を出した「憲章七十七」がある。これは、ウクライナの反体制派「ウクライナ・ヘルシンキ・グループ」と同様に、[16]人権と諸自由の尊重などを定めてチェコスロヴァキアも署名したヘルシンキ宣言を根拠として、国内の人権弾圧などに抗議した文書であり、「憲章七十七」はこれ以降、次々と文書を出すことになる。

カレル大学教授も務めた高名な哲学者ヤン・パトチカは、次に述べるヴァーツラフ・ハヴェルと共にこの「憲章七十七」の最初のスポークスマンの一人となったが、すぐに逮捕され、長時間にわたる苛酷な尋問を受けた末に、脳梗塞を起こして死亡した。[17]殺害されたと言っても良いだろう。

ハヴェルも引用しているのだが、「自らの意味のために自らを犠牲にする覚悟のない生は生きられるに値しない」というパトチカのラディカルな言葉[18]は、「死に至るまで真実を貫け」というフスの言葉をパトチカなりに言い換えたものではないだろうか？

八　ヴァーツラフ・ハヴェル（Václav Havel）（劇作家・詩人）（一九三六〜二〇一一）

パトチカの影響も受けつつ、チェコスロヴァキアの反体制派の中心人物となったのが、劇作家・詩人のヴァーツラフ・ハヴェルである。ハヴェルは亡命を勧奨されたにもかかわらず、それを拒否してあえて国内にとどまり、数度の投獄を含む厳しい弾圧・迫害を受けながらも、徹底的に言葉による抵抗を続けた。ハヴェルは、先に引用したフラバルが求めたような、言葉で燃え、まだ燃えていない人たちを助けるような言葉で燃え、燃える精神によって、精神の中で燃える人間になったのだと言えよう。

国内で著作を公刊する可能性を奪われたハヴェルは、特に「書簡」という形式を利用し、投獄されている間は、監獄の中から妻への私信という形で著作を外に送り続けた。[19] そして彼の著作は地下出版と亡命出版で広まった。

彼の書簡の中でも出色なのが、一九七五年に共産党書記局長に宛てて書かれた「グスターフ・フサークへの手紙」である。この書簡は、「プラハの春」挫折後の暗く沈滞し希望の見えない社会の中で書かれたにもかかわらず、驚くほど希望に満ちた言葉と予言を含んでいる。長くなるが、引用しておきたい。

ハヴェルは、当時のチェコスロヴァキアの「ポスト全体主義」体制を「エントロピー」的な体制と言い換えながら、次のように述べた。

「エントロピー」的な体制は、自分の影響下の空間で全般的なエントロピーを高めるために、ただ一つの方法しかもちあわせていません。それは、それ自身の中央集権主義を強化すること、その一枚岩的性格を強めること、ますます普遍的で密閉的な一元的操作の拘束衣で社会を締めつけることです。ただし、体制がこの方向へ一歩足を踏み出すごとに、同時に必ず、体制自身のエントロピーも増大します。体制は、世界の動きを止めようとつとめることによって、自分自身の動きを止め、すべての新しい事態に対処し、生命の根元的な志向に立ち向かうみずからの能力を、麻痺させるのです。「エントロピー」的体制は、かくして、みずからの本質によって、最終的に、死を招くそれ自身の原理の犠牲となるように定められており、自分自身に立ち向かうことを強いるようないかなる内的な意図も決定的に欠如しているために、それ自身の原理のもっとも脆い犠牲となるように定められているのです。逆に、生は、暴力的な権力が早く硬直すればするほど、(エントロピーに対抗しようとするその押さえきれない志向において) ますます巧妙に、ますますうまく暴力行為に対抗するようになる能力をもっています。

国家権力は生を麻痺させながらみずからをも麻痺させ、そしてそれによって結局は、生を麻痺させるみずからの能力をも麻痺させるのです。

換言すれば、生というものは、長期にわたって徹底的に暴行を加え、平板化し、麻痺させることができますが、それでも結局、永久に停止させることはできないのです。たとえ静かに、隠れたところで、緩慢にであろうとも、生は進みつづけます。生は、たとえそれ自身の本質から千回疎外されようとも、つねにふたたび何らかの方法によってみずからの本質に帰っていきます。どんなに暴行を加えられようと、それでも最後にはつねに暴行を加えた権力よりも生きながらえます。［…］生を永久に絶滅させることができないとすれば、もちろん、歴史も完全に停止させることはできません。不動性と擬似出来事の重い地表の下で、歴史の隠れた小さな泉が流れており、ゆっくりとそして目立たずにその地表をえぐり取っていくのです。長い時間がかかるかもしれませんが、ある日、それは起こるにちがいありません。――地表はもはや、もちこたえることができなくなって、割れはじめるのです。

そしてそれは、ふたたび何か目に見えるものが生じはじめる時です。何か本当に新しくて独自なものが。公的な「出来事」のカレンダーの中に計画されていなかった何かが。それがいつ起ころうが、起ころうが起こるまいが、どうでもいいという感覚を、もはや突如としてもたなくさせるような何かが。それによって歴史がふたたび発言を求めるという意味で、真に歴史的な何かが。［…］

公開の権力闘争は、社会による権力のコントロールを真に保証する（したがってあらゆる表現の自由を真に保証する）唯一のものですが、それが（少なくともある程度）存在するところでは、国家権力は（好むと好まざるとにかかわらず）社会の生活と絶えず何らかの公開の対話をしながら生きなければならず、生が提起するさまざまな問題を継続的に解決することを強いられています。公開の権力闘争が存在しない（そしてそれゆえ遅かれ早かれ必然的に言論の自由も抑圧される）ところでは――それはすべての「エントロピー」的体制の場合ですが――国家権力は生に適応しようとせず、生の方をみずからに適応させようとします。このことは、生がもつ現実的な矛盾や要求や問題を継続的かつ公開的に解決する代わりに、単にそれらを隠蔽することを意味します。にもかかわ

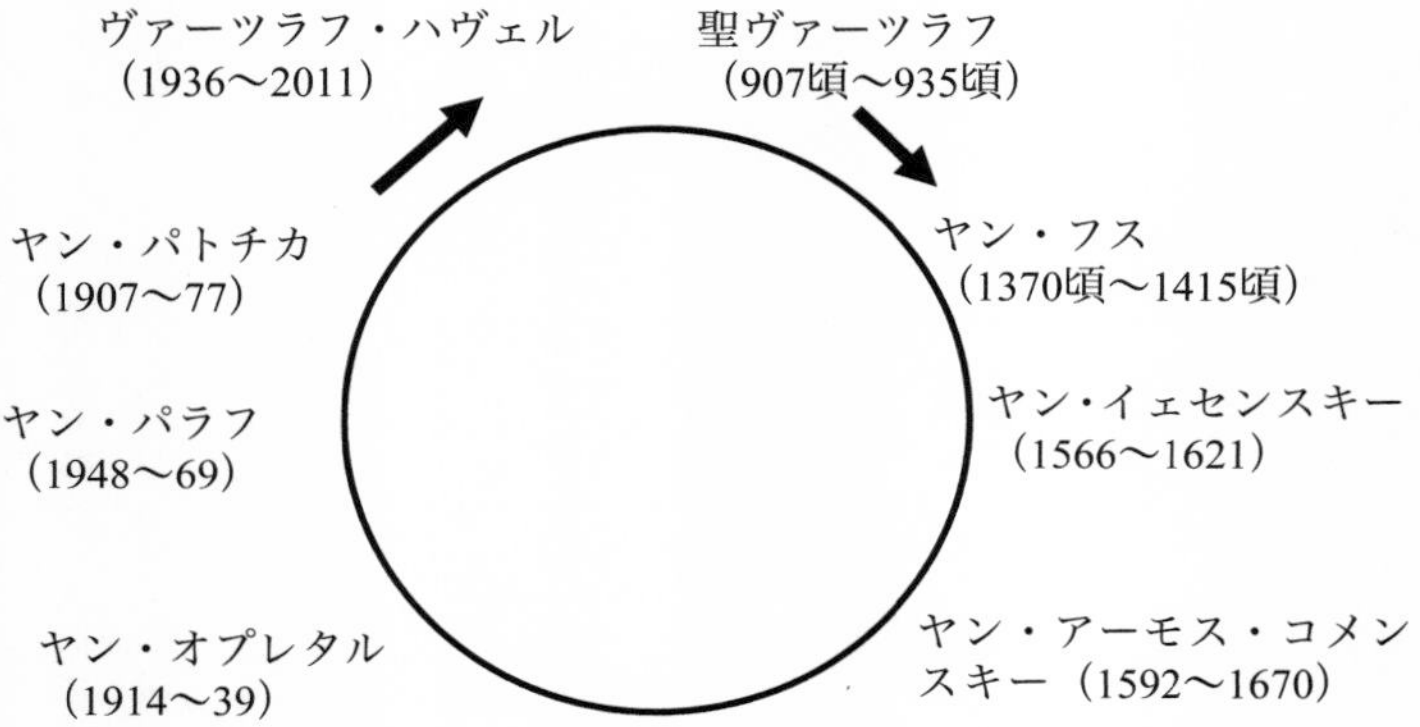

らず、これらの矛盾や要求は地表の下のどこかに存在し、集積し、増大し、地表がもちこたえられなくなった瞬間に、外に噴き出すのです。そして、それはまさに、不動の地表が割れて、歴史がふたたび活動舞台に躍り出る瞬間です。[20]

このようなハヴェルの予言は、十四年後の一九八九年の「ビロード革命」によって実現し、ハヴェルは大統領になった。つまり、反体制派 disident が大統領 president になったわけだ。これは、劇作家であったハヴェルが創り出した劇の中で最もドラマチックなものだったと思われる。ロシアの詩人アレクサンドル・ブローク（一八八〇～一九二一）とは異なるタイプの詩人でもあったハヴェルは、「夕暮れに」ではなく、「闇夜に夜明けの歌を」歌っていたのだろう。[21] そして夜明けの到来についてのその予言は、未来のロシアでも成就するかもしれない。

さて、以上、ヴァーツラフに始まり、多くのヤンを通って、再びヴァーツラフに戻るチェコ抵抗精神の系譜を見てきたが、ヴァーツラフ・ハヴェルは、チェコ抵抗精神の系譜の完成者にして完結者に思える。
聖ヴァーツラフに始まるチェコ抵抗精神の系譜の円環が同じ名を持つヴァーツラフ・ハヴェルによって閉じたこと、つまり、命を賭けた抵抗がもはやチェコでは起こらないことを願う。更に、命を賭けた抵抗がもはや必要なくなる世界が来ることを願う。

注

(1) https://commons.wikimedia.org/wiki/File:083_Est%C3%A0tua_de_Sant_Venceslau,_a_V%C3%A1clavsk%C3%A9_N%C3%A1m%C4%9Bst%C3%AD.jpg?uselang=cs (Enfo)（二〇二二年十一月十五日閲覧）

(2) G. P. Fedotov, *Russian Religious Mind*, Vol. I (Cambridge, Massachusetts: Harvard University Press, 1968), pp. 103–104.

(3) 無抵抗の死を甘受したボリースとグレープを宗教的に非常に重んじてきたはずのロシアにおいて、現実には残忍な暴力が頻繁に繰り返されてきたというのは、大変興味深い問題である。ここでこの問題に立ち入る余裕はないが、ビリントンが『イコンと斧』において述べている見解は、一つの有力なヒントになると思われる。ビリントンは、ロシアの農家に必ず隣接して架けてある二つの重要な物——イコンと斧——を、ロシア文化の永続的な象徴として解釈し、この二つの物は「崇拝と戦争、美と残忍さの間の密接な結びつきを示している」と言う。そして、「イコン＝崇拝と美」は、「斧＝戦争と残忍さ」を補償する物であることを示唆しながら、次のように述べた。「男たちが戦争と諸問題の能動的な行為を独占したのに対して、女たちは忍耐と癒しの愛の受動的な精神的徳を育成した。あたかも、男たちの戦闘的な公的な気風を補償するかのように、女たちは、悪に対する無抵抗と自発的な受苦を賞揚するロシア精神の傾向を静かに激励したのである」。James H. Billington, *The Icon and the Axe: An Interpretive History of Russian Culture* (New York: Vintage Books, 1966), pp. 20, 26. 石川達夫「ロシアの無抵抗主義とチェコの抵抗主義——比較文化論的考察」『国際文化学』第七号（神戸大学国際文化学会）（二〇〇二年九月）参照。

(4) Karel Čapek, „Svatý Václav,“ in *Spisy*, XIX (Praha: Československý spisovatel, 1986), s. 821–822.

(5) https://commons.wikimedia.org/wiki/File:Jan_Hus_at_the_Stake.jpg (public domain)(二〇二二年十一月十五日閲覧)

(6) Jan Hus, „Výklad Viery, Desatera a Páteře,“ in *Výbor z české literatury doby husitské*, sv. 1 (Praha: ČSAV, 1963), s.142.

(7) Karel Kosík, „Rozum a svědomí,“ (1967) in *Století Markéty Samsové* (Praha: Český spisovatel, 1993), s. 22-24.

(8) スヴェトラーナ・アレクシエーヴィチ（三浦みどり訳）『戦争は女の顔をしていない』岩波書店、二〇一六年、参照。

(9) Eliška Fučíková a Ladislav Čepička, eds., *Albrecht z Valdštejna: Inter arma silent musae?* (Praha: Academia, 2007), s. 39.

(10) コメニュウス『大教授学1』（鈴木秀勇訳）、明治図書、一九六二年、三八、四三〜四四頁。

(11) 太田光一氏と相馬伸一氏の訳で、東信堂の「コメニウス　セレクション」シリーズとして二〇一五年から順次出版されている。

(12) ボフミル・フラバル（石川達夫訳）『十一月の嵐』松籟社、二〇二二年、二〇二〜二〇三頁。

(13) 後に触れる哲学者のヤン・パトチカは、ベネシュは「戦いの準備のできていた社会の道徳的背骨を、一時的にだけではなく、長期間にわたって、戦争の全期間と戦後の時代にわたって、へし折ってしまった」と、厳しい批判をしている（Jan Patočka, *Co jsou Češi?*, Praha: Panorama, 1992, s. 103.）。また、「反体制劇作家ヴァーツラフ・

ハヴェルは、ミュンヘン協定と第二次大戦の経験からして、「ある一つの考えが」チェコ人の「共通の認識にすでに非常に強固に根を下ろしている」として、次のように述べている。「それはすなわち、人生の意味と人生の人間的な質を守るために、極端な場合には生命をも賭すことができなければ、人生の意味を喪失するばかりではなく、結局、不可避的に生命の喪失にも――それも一人だけの生命ではなくて数千人、数百万人の生命の喪失にも――通ずるという考えである。［…］もちろん、人類を絶滅させうる核兵器の世界においては、事情は大いに異なる。しかしながら、暴力が自然にやむと期待して黙って暴力を容認することはできないという基本的な経験は、どこまでも生きつづける」（ヴァーツラフ・ハヴェル、石川達夫訳「ある抑制の分析」、『反政治のすすめ』恒文社、一九九一年、二一二～二一三頁）。より詳しくは、石川達夫『マサリクとチェコの精神――アイデンティティと自律性を求めて』成文社、一九九五年、第一三、一四章参照。

(14) 特に、第二次世界大戦直後に、ナチスに迎合したとして数百万人のドイツ系住民が市民権を剥奪されてチェコスロヴァキアからドイツへ「移動（odsun）」（強制移住）させられたが、その際、劣悪な環境の中で死亡する者が続出した。正確な死者数は不明だが、チェコ側は数万人、ドイツ側は数十万人と推測していて、桁が異なる。

(15) フラバル、前掲書、一八頁。

(16) 服部倫卓・原田義也編『ウクライナを知るための六五章』明石書店、二〇一八年、一七九～一八〇頁参照。

(17) 石川達夫「ヤン・パトチカ――受難を超える哲学者」、ヤン・パトチカ（石川達夫訳）『歴史哲学についての異端的論考』みすず書房、二〇〇七年所収、参照。

(18) ヴァーツラフ・ハヴェル「政治と良心」（石川達夫訳）、前掲『反政治のすすめ』、一六九頁。

(19) ヴァーツラフ・ハヴェル（飯島周訳）『プラハ獄中記――妻オルガへの手紙』恒文社、一九九五年、参照。

(20) ヴァーツラフ・ハヴェル「グスターフ・フサークへの手紙」(石川達夫訳)、前掲『反政治のすすめ』、一一五～一一八頁。

(21) 奈倉有里『夕暮れに夜明けの歌を――文学を探しにロシアに行く』イースト・プレス、二〇二一年、参照。

あとがき　抵抗の歌と花

奈倉有里

二〇二〇年夏のベラルーシ大統領選後、大規模な不正選挙に抗議する市民に対する暴力的弾圧がなされていた当時、ある歌がロシア語とベラルーシ語で広くうたわれていた。その曲をニュースで耳にしたカタルーニャの人が、フランコ独裁政権に抵抗した人々がうたっていた『くい』という歌と同じメロディーだと気づき、はっとして、「ベラルーシの人々もいま『くい』を抜こうとしているのだろうか」と考えた――という内容の記事が、毎日新聞に載っていた（久野華代「受け継がれる『抵抗歌』」二〇二〇年八月二十六日朝刊）。

一九六九年に作られたカタルーニャ語の『くい』（L'Estaca）という歌は、その後一九七八年にヤツェク・カチマルスキ（一九五七〜二〇〇四）によってポーランド語に翻案された。このときタイトルが『壁』（Mury）となり、一九八〇年代にはポーランド全土の集会、抗議活動、ストライキなどに広まった。それがさらに二〇一〇年にはベラルーシ語『牢獄の壁の崩壊』（Разбуры турмы муры）に、二〇一二年にはロシア語『壁』（Стены）に翻訳された。ベラルーシ語の歌詞は、「彼は若く高揚していた、数えきれないほどたくさんの人がいた。光は近い、と彼はうたい広場に向かった。ろうそくが灯され、煙がただよった。彼は『牢獄の壁を壊そう！』とうたい、人々は続けた／牢獄の壁を壊そう、待望の自由を手にしよう……」となっており、ロシア語の歌詞は「あるとき遠く朝の光が差すころ、僕はじいさんと戸口に立ち、側を荷車がゆっくり進んでいた。じいさんが言った――『あの壁が見えるか。私たちはあの壁に囲まれて暮らしている。壁を壊さなければ、私たちはこのままここで朽ちていくだけだ』。／この牢獄を壊そう。あんな壁はあってはならない……」となっている。二〇二〇年のベラルーシでは、「この状況は二十六年（当時のルカシェンコの大統領在任期間）というつらい年月のあいだ続いた」という歌詞も加わった。重ねた年月のぶんだけ、独裁政権下の犠牲者も増えている。この歌はさまざまな場所で少しずつ歌詞を変えながら、犠牲の重みを積み重ねるようにして、圧政に対する抵抗歌としてうたわれてきた。その思いはカタルーニャ語、ポーランド語、ベラルーシ語、ロシア語と言語を渡り歩き、人々をつないでいる。

今回、二〇二二年秋のロシア文学会プレシンポジウムではベラルーシの弾圧の歴史について語ったが、その前年――二〇二二年二月をはさんで遠く思えてしまう二〇二一年秋のプレシンポジウムではウクライナ現代文学について話した。いずれの歴史をひもといても、眩暈のするほど累々たる犠牲者が横たわる。

時の政権はそれらのなかから、都合の良い例ばかりを拾いあげる。スターリン時代の記憶はその最たるもので、死者のうち「祖国防衛」の名に叶う者は英雄で、粛清の犠牲となり国家に殺された「裏切者」は殺戮の実態や正確な数すらもが葬られようとしていた。その後、雪どけ、ペレストロイカ、ソ連崩壊を経て徐々に明るみに出た史実について、ロシア政府は「無神論」や「イデオロギー」に責任を押しつけて「信心深い（宗教と癒着した）」新生ロシアの現政権から切り離そうとし、ウクライナ政府は「共産主義」をナチズムと同等のものとして言論を制限する法を敷き、ベラルーシ政府は殺戮の事実そのものを否定して犠牲者の碑をたてることすら拒み、スターリンを再評価した。だがそうしたさまざまな情勢のなかで、単に現代の政治的目線から思想の捉え直しをはかるのではなく、資料を求め、保存し、調査を重ね、研究結果として残した世界各地の研究者や出版人、博物館・図書館関係者のおかげで、現在の私たちは新たに、圧政と抵抗とはなんなのか、現在の政治的文脈からは見えづらくなっている犠牲者はどこにいて、それはなぜなのかを考えることが可能になっている。

抵抗運動に意味はあるのか、市民の平和的・知的運動が社会を変えることなどできるのか、という疑問を耳にすることがある。確かにベラルーシのように、火を見るより明らかな選挙不正ののちに、特殊部隊や武装警官が一般市民を棍棒で片っ端から叩きのめしたり投獄し拷問したりした末に、いまだに大統領を名乗っている人物がいるケースを考えると、武力の前に人間の知的活動ができることとはいったいなんなのだろうかと迷いを抱えてしまうこともあるだろう。しかしそこで即時的な政治の動きだけをみて「意味がない」としてしまうのはあまりに早計である。

フィリペンコの『理不尽ゲーム』に登場する、作者の分身でもある主人公ツィスクは、ソ連時代のことを子供時代の記憶に刻む「ソ連最後の子供たち世代」であり、ソ連崩壊後のベラルーシが徐々に自由を奪われ独裁体制を強めていく時代に成長している。思春期に群衆事故で意識不明となり二〇〇〇年代を昏睡状態で過ごした主人公は、目覚めても国自体が昏睡に陥ったかのような現実に直面し、自由の意味を忘れてしまったかのような社会に戸惑いを隠せない。だが政府に対抗する勢力の政治家は投獄されジャーナリストは暗殺され、一般市民が平和的集会に参加するだけで身に危険が及ぶ状況のなか、ただ静かに外に出てきた数万の人々を目にして、心から安堵する。圧政の脅威にさらされ黙るしかない状況下では、人は常に不安を抱えている。だからこそ、たとえその抵抗がすぐに社会を変えることはできなかったとしても、自分と同じように異議を唱えたい人が存在すると知ることができるだけで、最低限の精神の安定をはかり、社会参加の可能性を取り戻そうと考えるための糧になるのだということを、身をもって体験するのだ。

そしていま、本書に集まった論考を見ていると、抵抗とはその時・その場の人々のためのものであると同時に、先に挙げた抵抗歌の例のように、時代や場所を超えてその精神を伝える役割も担っているのだということを実感する。

ペテルブルグとモスクワに六年いた自分のわずかな体験と照らしあわせてみるだけでも、いくつもの接点が思いだされる――モスクワの文学大学で、プーシキンの諸作品の細部に込められた社会の不平等に対する反発のメッセージを丁寧にひもといていく授業があったこと。大学に入ったばかりのころ、トヴェルスカヤ通りの古書店で売られていたゴンブローヴィチの『フェルディドゥルケ』ロシア語版を見つけ、大事に抱えて帰ったこと。文学大学で教えていたのは、ウリツカヤ作品にも繰り返し出てくる地下出版に若いころ熱中していた先生たちだったこと（彼らの語るエピソードにはウリツカヤの登場人物たちとの共通点がたくさんあった）。彼らがいつもプラハの春やソ連全土に広まった「人間の顔をした社会主義」という標語について懐かしく語っていたこと。二〇二一年の一月にインタビューをとった際、もう海外に出かけるよりモスクワで好きな本を読み返していたいと語ったウリツカヤが、わずか一年と少しで侵攻の開始により出国を余儀なくされてしまったこと。

シンポジウムではコメンテーターの阿部賢一先生から、「スラヴ諸言語間の対話の可能性はあるのか」という話題が出たが、この場を借りてあらためていうならば、対話の可能性はもちろんあるし、その可能性を研究者は研究によって示す必要がある。なにしろ、いまの世間の理解に問題があるとすれば、歴史のなかでそうしたことに従事してきたスラヴ諸言語の作家や翻訳者たちの軌跡が、日本を含め世界にあまりにも知られていないという実態が浮かびあがるのだから。


二〇二二年から二〇二三年にかけて、ロシア各地でスターリン時代の粛清をはじめとする政治的弾圧の犠牲者への追悼の碑に花が捧げられる現象が広まった。

いわゆる「フェイク法」と「軍に対する名誉毀損法」によって――つまり政府が偽情報とみなした情報を流布した者、ロシア軍を批判するとみられる言動をとった者を逮捕・処罰の対象とできるようになったことによって、反戦運動の組織や拡大はおろか個人による無言のスタンディングだけでも危険になってしまった現代のロシアにおいて、それでも反戦の意思を表明するためにわずかに残された方法が、粛清の犠牲者への献花であった。献花にはウクライナの地名が記された紙や、ウクライナ語の詩が書かれた紙が添えられるケースもみられる。

しかしそれすらも安全ではなく、その行為に対し「軍に対する名誉毀損」として拘束された例もある。弾圧の犠牲者に花を手向けることが名誉毀損として罰せられる社会の異常さは、とりもなおさずその大規模な犠牲を生んだ時代に劣らぬ水準の人権侵害が容易になされる社会であることを雄弁に語るものである。

団結して抵抗歌をうたっても無力に感じてしまう状況、あるいはそれすらも不可能でただ過去の犠牲者に花を手向けるしかできなくなってしまった状況でも、そのわずかな抵抗は、どんなに抑え込まれても消えない人々の抵抗の意志があること、人間には踏み躙ることのできない権利があるのだということ、そしてなによりそのように人権が剝奪される社会を作ってはならないことを、静かに伝えている。

抵抗の歴史は、過去からの声であり、命をかけてその声をあげた人々が私たちに遺した財産であり、いままさに弾圧のもとにある人々の精神の糧であり、未来への手がかりでもあるのだろう。

二〇二三年七月

付記（石川達夫）

本書のうち、次の各章は、日本スラヴ学研究会の機関誌『スラヴ学論集』第二十六号（二〇二三年三月）に掲載された文章を改訂したものであり、その他の章は書き下ろしである。

序　国歌は何を示唆するか？
第二章　荒野に自由の種を蒔く――「ソヴィエト的人民」と作家たち
第三章　銃殺された文学――一九二〇年代の若手文学グループ「マラドニャーク」と現代作家サーシャ・フィリペンコをつなぐ歴史
第五章　ポーランド人であること、になること、にさせられること――ニーチェからゴンブローヴィチへ
第六章　チェコ抵抗精神の系譜――ヴァーツラフとヤン

著者紹介（五十音順、＊は編者）

石川達夫（いしかわ・たつお）　＊
東京大学文学部卒業。プラハ・カレル大学留学の後、東京大学大学院人文科学研究科博士課程単位取得退学。博士（文学）。専修大学教授・神戸大学名誉教授。著書に『チェコ民族再生運動』（岩波書店）、『マサリクとチェコの精神』（成文社、サントリー学芸賞および木村彰一賞）、『プラハのバロック』（みすず書房）、『チェコ・ゴシックの輝き』（成文社）、『黄金のプラハ』（平凡社）、『プラハ歴史散策』（講談社）、『チェコ語日本語辞典』全5巻（編纂、成文社）など。訳書にチャペック『マサリクとの対話』、『チャペック小説選集』第1・2・6巻（『受難像』『苦悩に満ちた物語』『外典』）、マサリク『ロシアとヨーロッパ』全3巻（Ⅱ・Ⅲは共訳）（以上、成文社）、パトチカ『歴史哲学についての異端的論考』（みすず書房）、クロウトヴォル『中欧の詩学』（法政大学出版局）、フラバル『あまりにも騒がしい孤独』『十一月の嵐』、シュクヴォレツキー『二つの伝説』（共訳）（以上、松籟社）など。2016年イジー・ホスコヴェツ賞（Cena Jiřího Hoskovce）（チェコ心理学会）受賞。

貝澤哉（かいざわ・はじめ）
早稲田大学文学部卒業。早稲田大学大学院文学研究科博士後期課程単位取得退学。早稲田大学文学学術院教授。主に19世紀末以降のロシア文学、ロシア思想、文化・芸術理論を研究。著書に『再考　ロシアフォルマリズム　言語・メディア・知覚』（共編著、せりか書房）、『引き裂かれた祝祭　バフチン・ナボコフ・ロシア文化』（論創社）、『〈超越性〉と〈生〉との接続　近現代ロシア思想史の批判的再構築に向けて』（共編著、水声社）など。訳書に、アンドレーエフ『印象主義運動』、ゴロムシトク『全体主義芸術』（ともに水声社）、ナボコフ『カメラ・オブスクーラ』、『絶望』、『偉業』（ともに光文社古典新訳文庫）など。

奈倉有里（なぐら・ゆり）
ロシア国立ゴーリキー文学大学卒業。東京大学大学院博士課程満期退学、博士（文学）。著書に『夕暮れに夜明けの歌を　文学を探しにロシアに行く』（イースト・プレス、紫式部文学賞）、『アレクサンドル・ブローク　詩学と生涯』（未知谷、サントリー学芸賞）、『ことばの白地図を歩く　翻訳と魔法のあいだ』（創元社）。訳書にミハイル・シーシキン『手紙』（新潮社）、スヴェトラーナ・アレクシエーヴィチ『亜鉛の少年たち』（岩波書店、日本翻訳家協会賞・翻訳特別賞受賞）、サーシャ・フィリペンコ『理不尽ゲーム』『赤い十字』（集英社）など。

西成彦（にし・まさひこ）
東京大学教養学部卒業。ワルシャワ大学留学の後、東京大学大学院人文科学研究

科博士課程中途退学。修士（文学）。立命館大学名誉教授・特任教授。東欧文学関係の著書に『個体化する欲望――ゴンブロヴィッチの導入』（朝日出版社）、『マゾヒズムと警察』（筑摩書房）『移動文学論Ⅰイディッシュ』（作品社、木村彰一賞）、『移動文学論Ⅱエクストラテリトリアル』（作品社）、その他の比較文学関係の著作に『ラフカディオ・ハーンの耳』（岩波書店）、『森のゲリラ　宮沢賢治』（岩波書店）、『耳の悦楽――ラフカディオ・ハーンの女たち』（紀伊國屋書店、芸術選奨文部科学大臣新人賞）、『バイリンガルな夢と憂鬱』（人文書院）、『外地巡礼――「越境的」日本語文学論』（みすず書房、読売文学賞）など。訳書にゴンブローヴィチ『トランス＝アトランティック』（国書刊行会）、『ペインティッド・バード』（松籟社）、ショレム・アレイヘム『牛乳屋テヴィエ』（岩波文庫）、I・B・シンガー『不浄の血』（共訳、河出書房新社）、『世界イディッシュ短篇選』（編訳、岩波文庫）など。

前田和泉（まえだ・いずみ）
東京外国語大学外国語学部卒業。東京大学大学院人文社会系研究科（欧米系文化研究専攻・スラヴ語スラヴ文学専門）博士課程修了。博士（文学）。東京外国語大学大学院総合国際学研究院教授。著書に『マリーナ・ツヴェターエワ』（未知谷）、『これからはじめるロシア語入門』（NHK 出版）、共著書に『大学のロシア語Ⅰ』『大学のロシア語Ⅱ』（以上、東京外国語大学出版会）、訳書にクルコフ『大統領の最後の恋』、ウリツカヤ『通訳ダニエル・シュタイン』『緑の天幕』（以上、新潮社）、レールモントフ『デーモン』、アンドレイ・タルコフスキー『ホフマニアーナ』、アルセーニイ・タルコフスキー『アルセーニイ・タルコフスキー詩集 白い、白い日』（以上、ECRIT）、ヴォルコフ『ショスタコーヴィチとスターリン』（共訳）（慶應義塾大学出版会）。

人名索引

あ行

か行

さ行

た行

な行

は行

ま行

や行

ら行

わ行

ロシア・東欧の抵抗精神――抑圧・弾圧の中での言葉と文化
2023年9月30日　初版第1刷発行

編著者　石川達夫
著　者　貝澤　哉
著　者　奈倉有里
著　者　西　成彦
著　者　前田和泉
装幀者　山田英春
発行者　南里　功
発行所　成文社

〒258-0026 神奈川県開成町延沢 580-1-101
電話 0465 (87) 5571
振替 00110-5-363630
http://www.seibunsha.net/

落丁・乱丁はお取替えします
組版　編集工房 dos.
印刷・製本　シナノ

Printed in Japan
ISBN978-4-86520-065-2 C0022

歴史・芸術
石川達夫著
チェコ・ゴシックの輝き
ペストの闇から生まれた中世の光
A5判上製
196頁
3000円
978-4-86520-056-0
不条理な受難をいかに受け止め、理不尽な不幸といかに折り合いをつけるか――チェコがヨーロッパのゴシック文化の中心地のひとつとなった時代はペストが猛威を振るった時代でもあった。建築・美術のみならず文学・音楽も含めたチェコ・ゴシックの全体像を探る。 2021

歴史・思想
T・G・マサリク著　石川達夫訳
ロシアとヨーロッパⅠ
ロシアにおける精神潮流の研究
A5判上製
376頁
4800円
978-4-915730-34-4
第1部「ロシアの歴史哲学と宗教哲学の諸問題」では、ロシア精神を理解するために、ロシア国家の起源から第一次革命に至るまでのロシア史を概観する。第2部「ロシアの歴史哲学と宗教哲学の概略」では、チャアダーエフからゲルツェンまでの思想家たちを検討する。 2002

歴史・思想
T・G・マサリク著　石川達夫・長與進訳
ロシアとヨーロッパⅡ
ロシアにおける精神潮流の研究
A5判上製
512頁
6900円
978-4-915730-35-1
第2部「ロシアの歴史哲学と宗教哲学の概略」（続き）では、バクーニンからミハイローフスキーまでの思想家、反動家、新しい思想潮流を検討。第3部第1編「神権政治対民主主義」では、西欧哲学と比較したロシア哲学の特徴を析出し、ロシアの歴史哲学的分析を行う。 2004

歴史・思想
T・G・マサリク著　石川達夫・長與進訳
ロシアとヨーロッパⅢ
ロシアにおける精神潮流の研究
A5判上製
480頁
6400円
978-4-915730-36-8
第3部第2編「神をめぐる闘い。ドストエフスキー」は、本書全体の核となるドストエフスキー論であり、ドストエフスキーの思想を批判的に分析する。第3編「巨人主義かヒューマニズムか。プーシキンからゴーリキーへ」では、ドストエフスキー以外の作家たちを論じる。 2005

歴史・思想
石川達夫著
マサリクとチェコの精神
アイデンティティと自律性を求めて
A5判上製
310頁
3800円
978-4-915730-10-8
マサリクの思想が養分を吸い取り、根を下ろす土壌となったチェコの精神史とはいかなるものであり、彼はそれをいかに見て何を汲み取ったのか？　宗教改革から現代までのチェコ精神史をマサリクの思想を織糸として読み解く。サントリー学芸賞・木村彰一賞同時受賞。 1995

歴史・文学
カレル・チャペック著　石川達夫訳
マサリクとの対話
哲人大統領の生涯と思想
A5判上製
344頁
3800円
978-4-915730-03-0
チェコスロヴァキアを建国させ、両大戦間の時代に奇跡的な繁栄と民主主義を現出させた哲人大統領の生涯と思想を、「ロボット」の造語で知られるチャペックが描いた大ベストセラー。伝記文学の傑作として名高い原著に、詳細な訳注をつけ初訳。各紙誌絶賛。 1993

価格は全て本体価格です。